책 대 담배

Books v. Cigarettes

조지 오웰
강문순 옮김

책 대 담배

Books v. Cigarettes

런던에 자리한 오웰의 동상

차례

일러두기

조지 오웰은 흔히 『동물 농장』이나 『1984』를 쓴 소설가로만 알려져 있다. 오웰은 생전 수백 편의 에세이를 발표한 산문 작가이기도 하다. 저작의 분량으로 치자면 오웰은 오히려 에세이 작가로 평가할 수 있다. 이번 번역에서는 독서, 글쓰기, 책, 작가, 문학과 관련된 에세이 아홉 편을 선정했다. 오웰의 에세이 모음집은 지금도 많은 출판사에서 계속해서 출간되고 있는데 그중에서 펭귄 출판사의 Great Ideas 시리즈로 나온 *Books v. Cigarettes*에 실린 에세이를 주된 번역 대상으로 삼았다.

책 대 담배

두 해 전에 신문사에서 편집자로 근무하는 친구가 공장 노동자 여러 명과 함께 공습이 끝나고 난 뒤 일어날지 모를 화재를 감시하고 있을 때였다. 그들은 친구가 편집자로 있는 신문에 관해서 이야기를 나누기 시작했다. 그들 대부분이 그 신문을 보고 있었으며 그 신문을 괜찮게 생각하고 있었다. 하지만 친구가 그 신문의 문학 면을 어떻게 생각하느냐고 물었을 때 그들은 다음과 같이 대답했다. "혹시 우리가 문학 면을 읽을 거라고 생각하고 묻는 건 아니죠, 그렇죠? 어쨌거나 그 신문은 왜 12파운드 6펜스씩이나 하는 책들에 관해 그렇게 자주 떠들어 대는 거요? 우리 중에 12파운드 6펜스를 책 사는 데 쓸 수 있는 사람들은 한 명도 없어요." 친구가 말하길 이들은 수파운드씩 들여 당일치기로 블랙풀로 여행을 간다는 것을 생각도 할 수 없는 사람들이었다.

책을 사는 것은 물론이고 심지어 책을 읽는 것조차 돈이 많이 들어서 평균적인 사람들은 갖기 힘든 취미라는 생각이 널리 퍼져 있기에 이를 한번 세세하게 계산해 볼 필요가 있다.

독서에 드는 비용을 시간당 몇 펜스라고 정확하게 산출하기는 어렵지만 나는 먼저 내가 소장하고 있는 책 한 권 한 권의 가격 전부를 합산하는 것으로 시작했다. 그런 다음에 추가적으로 들어간 비용을 책 가격 총액에 더하면 지난 열다섯 해 동안 내가 책에 쓴 비용을 꽤나 정확하게 산출해 낼 수 있다.

지금 살고 있는 아파트에 보관하고 있는 책의 권수와 가격을 따져 보았다. 다른 장소에서 보관하고 있는 책들도 권수가 여기와 거의 같으므로 아파트의 책 권수에 두 배를 하면 총 권수가 나온다. 교정본, 훼손된 책, 염가판 표지책, 책 형식으로 제본되지 않은 팸플릿이나 잡지 등 비정형 인쇄물은 계산에 넣지 않았다. 또한 벽장 밑에 쌓아 둔 옛날 교과서 같은 지금은 쓸모없게 된 책들도 계산에서 뺐다. 내가 자발적으로 구입했거나 어쨌든 나중에라도 자발적으로 구입했을 책들과 소장할 의도로 갖고 있는 책들의 권수만 계산했다. 계산 결과 내가 갖고 있는 책 합계는 442권이다. 이 책들은 다음과 같은 경로를 거쳐 나에게 왔다.

구입한 책(대부분이 중고책) 251권

선물로 받았거나 책 상품권으로 구입한 책 33권

검토본과 증정본으로 받은 책 143권

빌리고 반납하지 않은 책 10권

잠시 빌린 책 5권

총 442권

지금부터는 가격을 매긴 방식에 관해 설명해 보겠다. 내가 구입한 책들은 가능한 한 제값을 매기려고 했다. 누군가로부터 받은 책들도 제값을 매겼고, 잠시 빌린 책들과 빌려서 보관하고 있는 책들도 제값을 매겼다. 이렇게 한 이유는 책을 누군가에게 주는 것, 책을 누군가로부터 빌리는 것과 책을 훔치는 것은 동일한 결과를 낳는 일로 퉁쳐질 수 있기 때문이다. 엄밀히 말해 나는 내 소유가 아닌 책들을 갖고 있고, 마찬가지로 내 소유의 책을 많은 사람들도 갖고 있다. 따라서 내가 구입하지 않은 책들과 내 돈으로 구입했지만 지금 내게 없는 책들은 손익 상계해도 괜찮다. 한편 검토본과 증정본들은 반값을 매겼다. 이유는 그런 책들의 중고책 값이 그 정도 됐을 뿐만 아니라 나는 그런 책들은 대부분 중고로만 샀을 것이기 때문이다.

오로지 추정가로만 계산한 결과이긴 해도 그리 생뚱맞지는 않을 것이다. 이렇게 해서 산출한 금액은 다음과 같다.

	파운드	실링	펜스
구입한 책	36	9	0
선물로 받은 책	10	10	0
검토본 등	10	10	0
빌린 후 돌려주지 않은 책	4	16	9
빌린 책	3	10	0
서가에 꽂혀 있는 책	2	0	0
합계	82	17	6

다른 장소에서 보관하고 있는 책까지 더하면 내가 소장하고 있는 책이 900권가량 되고 금액으로 치면 165파운드 15실

링어치다. 이 수치는 약 열다섯 해 동안 모아 온 책을 계산한 결과인데, 좀 더 정확히 말해서 어렸을 때부터 모아 온 책 전체를 계산한 결과다. 그렇지만 기간은 그냥 십오 년으로 하자. 이러면 책에 쓴 비용이 1년에 평균 11파운드 1실링이라는 계산이 나온다. 하지만 독서에 들어간 총비용을 정확히 산출하기 위해서는 추가 비용을 계산에 넣어야 한다. 가장 큰 비용은 신문과 잡지를 구독하는 데 들어간 금액이다. 내 생각으로는 이 비용을 일 년에 8파운드 정도로 계산하는 것이 합당하다. 이는 조간신문 둘, 석간신문 하나, 일요일판 신문 둘, 주간신문 하나와 월간 잡지 하나나 둘 정도를 구독하는 데에 들어간 비용이다. 이런 비용을 추가하면 비용이 19파운드 1실링까지 올라간다. 그러나 최종 금액을 산출하기 위해서는 추정치로만 계산해야 할 부분이 있다. 분명히 나중에 그 존재를 실제 눈으로 확인할 길 없는 책에 지불한 돈이 있기 때문이다. 여기에는 문고 이용료와 구입 직후 분실하거나 얼마 지나지 않아 쓰레기통으로 던져지는 펭귄판 책들과 같은 염가본을 사는 데 쓴 비용이 포함된다. 다른 수치들까지 포함하여 종합적으로 계산해 보면 이런 데 드는 비용을 한 해에 6파운드 정도로 잡으면 충분하다. 따라서 지난 열다섯 해 동안 내가 독서에 쓴 전체 총 비용은 한 해에 25파운드 정도다.

한 해에 25파운드라는 돈은 다른 일을 하는 데 드는 비용과 비교해 보기 전까지는 상당히 큰 액수처럼 보인다. 이 금액을 일 년이 아니라 일주일로 계산하면 한 주에 9실링 9펜스를 쓰는 셈이다. 이 금액은 플레이어스 담배 83개비를 살 수 있는 돈이다. 전쟁 전에는 200개비까지도 살 수 있었다. 현재 시세로 치면 나는 책보다는 담배에 훨씬 더 많은 돈을 쓰고 있는 셈이다. 현재 담배를 한 주에 6온스 정도 피우고 담배 1온스를 사려면 반 크라운이 드니 내가 일 년 동안 담배를 피우기 위해서는 40파운드 정도가 필요하다. 전쟁 전에는 담배 값이 1온스에 8실링밖에 하지 않았으니 그때는 일 년에 10파운드 조금 넘게 들었다. 만일 내가 매일 맥주 1파인트에 6펜스를 주고 마신다면, 담배도 피우고 맥주도 마시는 데는 한 해에 20파운드가 필요하다. 전국 평균을 많이 넘어서는 수치는 아닐 것이다. 1938년 한 해 동안 이 나라 사람 한 명이 술과 담배에 쓴 금액은 10파운드가량이었다. 하지만 이 나라의 인구 구성에서 15세 이하 아동의 인구가 전체 인구 중 20퍼센트를, 그리고 여성 인구가 전체 인구 중 40퍼센트를 차지하고 있는 점을 고려한다면 담배도 피우고 술도 마시는 사람들이 평균 10파운드 이상을 지출했던 것은 분명하다. 1944년 한 해 동안에는 한 사람당 흡연과 음주에 23파운드 가까이를 지출했다. 앞서처럼 여성과 아동 수를 제외하면 한 사람이 흡연과 음주에 지불한 액수를 40파운드로 보는 것이 합리적일 것이다. 우드바인즈 담배를 매일 한 갑씩 피우고, 마일드에일 1파인트를 일주일에 육 일 동안 마시려면 일 년에 40파운드 정도가 필요하다. 이 정도 가지고 엄청나게 큰 금액이라고 할 수는 없다. 물론 지금은 책값을 포함하여 모든 물가가 그때보다 오른 것이 사실이지만 책을 빌려서가 아니라 직접 구입해서 읽고 잡지 여러 개를 정기 구독한다고 해도 그 비용이 흡연과 음주에 드는 비용 전부를 합친 것보다 많이 들지는 않는다.

책에 매겨진 가격과 책을 읽어서 창출되는 가치와의 상관관계를 설정하기란 쉬운 일이 아니다. '책'이란 총칭에는 소설, 시, 교과서, 참고서, 사회학 논문, 그리고 여러 다양한 종류의 글들이 포함돼 있다. 그리고 책의 가격은 책의 길이로 정해지지 않는다. 중고책만을 주로 구입하는 사람들은 이를 아주 잘 알고 있다. 전체 길이가 500행 되는 시 한 편이 10실링일 수 있고, 한번 구입하면 이십 년 이상을 볼 수 있는 사전 한 권이 6펜스일 수 있다. 여러 번 읽게 되는 책이 있고, 한 사람의 정신 일부를 구성하는 책이 있고, 한 사람의 삶을 송두리째 바꿔 놓는 책이 있고, 전체를 꼼꼼히 다 읽지 않고 겉핥기식으로 대충 읽는 책이 있고, 한자리에서 다 읽고 나서 일주일 정도 지나면 다 잊어버리는 책도 있다. 그렇지만 어떤 책을 읽든 돈이 든다는 점에서는 마찬가지다. 독서를 그저 영화를 보는 것과 같은 여가 활동으로 본다면 독서에 드는 비용을 얼추 계산해 볼 수 있다. 오로지 소설책과 그 외 가벼운 문학작품만을, 그리고 직접 돈을 주고 사서 읽는다고 하면 — 책값으로 8실링, 읽는 데 드는 시간 네 시간으로 계산하면 — 한 시간당 2실링의 비용이 든다. 이는 영화관의 최고급 자리에서 영화 한 편을 볼 때 드는 돈과 맞먹는 비용이다. 내용이 좀 더 심각한 책을 돈 주고 사서 읽는다고 해도 드는 비용은 거의 비슷하다. 그런 유의 책은 좀 더 비싸지만 더 오랜 시간 읽을 수 있다. 게다가 가벼운 책이든, 심각한 책이든 일단 구입을 한 책은 읽고 난 다음에도 소장하고 있다가 최초 구입 가격 삼분의 일 정도를 받고 되팔 수 있다. 중고책만 구입해서 읽으면 돈이 훨씬 더 적게 든다. 시간당 6펜스로 계산하는 것이 온당할 것이다. 한편 책을 사지 않고 대여 문고에서 빌려 읽으면 시간당 반 페니가 든다. 게다가 공립 도서관에서 빌려 보면 공짜나 다름없다.

이 정도 얘기했으면 독서가 돈이 가장 적게 드는 여가 활동의 하나라는 주장은 충분할 것이다. 물론 라디오를 듣는 것이 세상에서 가장 돈이 적게 든다. 그렇다면 실제로 영국 사람들은 독서에 어느 정도의 비용을 지불하고 있는 것일까? 분명히 어딘가에 정확한 수치는 존재하고 있겠지만 아직까지는 그 수치를 찾지 못했다. 그러나 전쟁 이전에는 이 나라에서 재판본과 교과서를 포함해 약 1만 5000권의 책이 매년 출간되었다는 사실을 나는 분명히 알고 있다.

책 한 권을 출판하면 1만 부가 나간다고 가정할 때 — 교과서까지 고려해도 이는 높은 수치이지만 — 보통 사람 한 명이 한 해에 약 세 권을 직간접적으로 구입했다는 계산이 나온다. 이 세 권 모두를 사는 데 드는 돈은 1파운드나 1파운드가 조금 안 되는 정도다.

물론 이런 결과는 추정치에 근거하고 있다. 따라서 정확하게 계산을 한 사람이 있으면 내 계산 결과를 바로잡아 주었으면 좋겠다. 혹 내 계산 결과가 얼추 정확하다면 문맹률이 거의 0퍼센트에 달하고 보통 사람들이 인도의 농민들이 평생 소유할 수 있는 돈보다 더 많은 돈을 흡연에 쓰는 나라에 대한 자랑스러운 기록이라고 할 수는 없다. 과거나 지금처럼 우리나라 사람들의 책 소비가 계속해서 저조하다면, 책을 많이 읽지 않는 현상이 적어도 독서가 개 경주나 영화를 보러 가는 것, 그리고 펍에 가서 한잔하는 것보다 재미가 없어서이지 돈이 훨씬 많이 들어서 — 구입해서 읽든 빌려서 읽든 — 가 아니라는 점을 인정할 수밖에 없지 않는가.

어느 서평가의 고백

담배꽁초가 군데군데 버려져 있고 반쯤 마시다 만 찻잔들이 나뒹구는 침실 겸 거실에서 좀이 슨 가운을 입은 한 남자가 삐걱거리는 식탁에 앉아 먼지 수북이 쌓인 종이 더미 사이에서 타자기를 놓을 자리를 찾고 있었다. 방 안 공기는 차가웠고 탁했다. 그렇다고 종이들을 버릴 수는 없었다. 쓰레기통이 이미 종이들로 찼을 뿐만 아니라 깜빡하고 아직 현금으로 바꾸지 못한 2기니짜리 수표가 답장 안 한 편지들과 아직 못 낸 각종 고지서들 사이에 끼어 있을 공산이 크기 때문이다. 또한 주소록에 옮겨 적어 놓아야 하는 편지들도 있다. 하지만 그는 주소록을 분실했다. 그것을 찾을 생각을 하면 아니 실제로 무엇인가를 찾을 생각을 하면 그는 극심한 자살 충동에 시달린다.

실제 나이는 서른다섯이지만 외모로는 쉰 살로 보인다. 대머리에다가 하지정맥류를 앓고 있다. 안경을 쓰는데, 하나뿐인 안경을 습관적으로 잃어버리지 않았다면 쓰고 있을 것이다. 평소 같으면 영양실조 상태일 테지만 최근 운 좋은 일이 연속해서 생긴다면 지금쯤 숙취로 고생하고 있을 것이다. 지금 시간 오전 11시 반. 그의 일상으로 보면 이미 두 시간 전에 일을 시작했어야 한다. 일을 시작하려고 갖은 애를 썼더라도 헛수고였을 것이다. 거의 쉴 새 없이 전화벨이 울리고, 애는 울어 대고, 바깥에서는 전기 굴착기가 무언가를 뚫어 대고, 계단에는 빚쟁이들이 쿵쾅거리며 오르내린다. 방금 전에는 우체부가 오늘 두 번째 우편물을 배달하고 갔다. 광고 전단지 두 장과 빨간색으로 인쇄된 소득세 납부 독촉장이었다.

더 말할 것도 없다. 이 사람은 작가다. 시인일 수도, 소설가일 수도, 영화 시나리오 작가일 수도, 라디오 극작가일 수도 있다. 작가들은 얼추 다 비슷하기 때문이다. 하지만 일단 서평가라고 해 두자. 편집자가 소포로 책 다섯 권을 보냈는데 그 묵직한 소포가 종이 더미 사이에 반쯤 가려진 채 있다. 소포 안에는 "서로 관련성이 큼."이라고 적은 편집자의 메모가 같이 들어 있었다. 소포가 도착한 나흘 전부터 해서 지금까지 마흔여덟 시간 동안 서평가는 도덕적 마비로 소포를 열지 못하고 있었다. 그러다 결심이 선 어제 바로 그 순간 소포를 비로소 풀고 그 안에 있던 다섯 권의 책을 확인했다. 『기로에 선 팔레스타인』, 『과학적 낙농업』, 『유럽 민주주의 간략사』(이 책은 쪽수가 680, 무게가 4파운드다.), 『포르투갈령 동아프리카 부족의 관습』, 아마 실수로 함께 넣은 듯한 소설 『드러눕는 게 더 좋아』이었다. 800단어 분량의 서평이 다음 날 정오까지 입고돼야만 했다.

이 중 세 권은 그가 잘 알지 못하는 주제를 다루고 있어서 적어도 오십 쪽 정도는 읽어야만 할 것이다. 그래야 저자뿐 아니라(물론 저자는 서평가들의 습성을 다 꿰고 있다.) 일반 독자들에게까지 자신의 밑천을 드러내는 실수를 방지할 수 있다. 오후

4시면 그는 책 포장은 뜯어져 있겠지만 신경적 무력감으로 인해 여전히 책을 펼치지는 못했을 것이다. 책들을 읽을 생각만 해도, 심지어 종이 냄새만 맡아도 피마자기름을 넣은 차가운 쌀 푸딩을 먹는 느낌이 든다. 그렇지만 무척이나 신기하게도 그의 원고는 편집자의 사무실에 제때 도착할 것이다. 어쨌든 그의 원고는 언제나 제때 도착한다. 밤 9시 정도 되면 정신은 비교적 맑아질 것이다. 방은 점점 더 추워지고 담배 연기가 점점 더 빼곡할 것이다. 늦게까지 앉아 능숙하게 책 하나하나를 훑을 것이다. 한 권 한 권 내려놓을 때마다 "맙소사, 이런 걸 책이랍시고."라는 절규를 내뱉을 것이다. 아침이 되면 게슴츠레한 눈과 면도 안 한 얼굴을 하고 신경이 곤두서서는 한두 시간 정도 빈 종이를 바라보다가 시곗바늘의 위협에 화들짝 겁을 먹고 행동으로 들어갈 것이다. 갑자기 타자기를 두들긴다. 온갖 상투적인 표현들 — "모든 사람이 반드시 읽어야 할 책", "매 쪽마다 기억할 만한 내용이 담긴", "무엇무엇을 다룬 어떤 챕터가 특히 중요하다." — 이 마치 자석에 끌린 쇳가루들처럼 자기들이 있어야 할 자리로 뛰어든다. 이런 식으로 서평은 보내야 하는 마감 시간 삼 분 전에 정확한 길이로 완성될 것이다. 그러는 사이 서로 연관성도 없고 흥미롭지도 않은 여러 권의 책들이 우편으로 또 도착해 있을 것이다. 일은 이런 식으로 반복된다. 하지만 이렇게 심신이 피폐해진 이 사람이 큰 희망을 품고 일을 시작한 때라고 해 봐야 불과 몇 년 전이다.

내가 과장하고 있는 것처럼 보이는가? 정규적으로, 이를테면 일 년에 최소 백 권의 서평을 쓰는 모든 이들에게 묻는다. 혹시 자신들의 습관과 성향이 내가 묘사한 것과 다르다고 정직하게 대답할 수 있는지를. 어느 경우가 됐든 모든 작가들은 대체로 이런 부류의 사람들이지만 무차별적으로 그리고 지속적으로 서평을 쓴다는 것은 생색도 나지 않고, 짜증스럽고, 지치는 일이다. 그런 일은 쓰레기를 칭찬하는 것과 다르지 않을 뿐만 아니라 — 조금 뒤에 다시 언급하겠지만 정말 맞는 말이다. — 아무런 자발적인 반응도 불러일으키지 않을 책에 관한 반응을 계속해서 조작하는 작업인 것이다. 아무리 지긋지긋해한다고 해도 어쨌든 서평가는 전문적으로 책에 관심을 갖고 있는 사람이다. 매년 발간되는 수천 권의 책 중에서 자기가 서평을 쓰고자 하는 책은 대략 오십에서 백 권 정도일 것이다. 만일 최고 수준의 서평가라면 그중에서 열에서 스무 권가량을 담당할 것이다. 아니 두세 권 정도를 담당한다고 하는 것이 맞는 말이다. 여기에 추가해서 담당한다는 것은 아무리 양심적으로 칭찬을 하든 욕을 하든 본질적으로 사기다. 그는 제 불멸의 영혼을, 한 번에 반 파인트씩 하수구로 흘려보내고 있는 것이다. 서평 절대 다수는 대상 책들을 부적절하게 기술하거나 독자들을 오도한다. 전쟁 이후로 출판사들은 예전보다 문학 편집자들의 비위를 거스르거나 자신들이 출판하는 모든 책들에 관한 상찬을 이끌어 내는 일을 잘할 수 없게 됐고 다른 한편으로는 서평의 수준이 부족한 지면과 여타 불편한 문제로 저하됐다. 이런 상황을 지켜보며 사람들은 평론을 돈벌이로 글을 하는 사람들에게 맡기지 말자고 제언한다. 전문서야 그 방면의 전문가들이 담당하는 것이 맞지만 상당수 평론, 특히 소설의 경우엔 아마추어 평자들이 담당하는 것이 나을 수 있다. 거의 모든 책들은, 이런저런 유형의 독자들에게 열정적인 감흥 — 열정적인 혐오도 그중 하나다. — 을 불러일으킬 수 있으며 확실히 이런 독자들의 생각이 권태감에 빠진 전문가의 생각보다 값질 것이다. 그렇지만 안타깝게도 편집자들 모두 알고 있는 것처럼 그런 일을 조직하기란 매우 어렵다. 현실적으로 편집자는 언제나 오래 같이 일을 해 온 기존의 글쟁이들 — 자신들이 같은 패라 부르는 — 을 다시 찾는다.

모든 책들이 서평이 필요하다고 당연시되는 한, 이 문제는 고칠 수 없다. 상당한 양을 쓰다 보면 책 대부분을 과찬할 수밖에 없게 된다. 책과 일종의 직업적인 관계를 맺기 전까지 대부분의 책이 보잘것없다는 사실을 알지 못한다. 평론이 객관적으로 정직하게 써진다면 열에 아홉은 "이 책은 하잘것없다."일 것이고 평론가 당사자의 반응 역시 "나는 이 책에 아무 흥미가 없고 돈 때문이 아니면 이 책의 평론을 쓰지 않을 것이다."일 것이다. 하지만 대중은 돈을 그런 유의 책을 사는 데 쓰지 않을 것이다. 그들이 그럴 일을 왜 해야 하겠는가? 그들은 어떤 책을 읽기 전에 읽어 볼 필요가 있는 일종의 안내 글을, 나아가서는 일종의 평가를 원한다. 그러나 가치라는 말이 언급되자마자 평가의 기준은 무너진다. 만일 누군가가 — 거의 모든 평론가는 이런 식의 말을 적어도 일주일에 한 번씩은 한다. —『리어 왕』은 훌륭한 희곡 작품이고『정의로운 네 사람』은 훌륭한 스릴러라고 말할 때 도대체 이 훌륭한이라는 단어에 무슨 의미가 있다는 말인가?

내 생각에 최선은 절대 다수의 책들은 그냥 무시하고 중요하게 보이는 극소수의 책에 관해서 아주 긴 평론 — 최소 1000단어가 넘는 — 을 쓰는 것이다. 곧 나올 신간에 관해서는 한두 줄 정도로 짧게 평론하는 것도 유용할 수 있지만 흔히 600단어 분량으로 쓰는 중간 길이 서평은 진정으로 평론가가 쓰고 싶어 한다고 해도 쓸데없는 일이 될 수밖에 없다. 정상이라면 평론가는 그런 글을 쓰고 싶지 않을 것이다. 매주 자질구레한 평론만 쓰다 보면 이 글 첫머리에 나왔던 가운 차림의 서서히 망가지고 있는 사람이 될 공산이 크다. 하지만 이 세상 모든 사람들에게는 자신들이 내려다볼 수 있는 누군가는 존재하기 마련이다. 두 업에 다 종사해 본 경험으로 말하건대 서평가가 영화 평론가보다 낫다. 영화 평론가는 집에서 일을 할 수가 없다. 게다가 한 번이나 두 번, 극도로 예외적인 경우가 아닌 한 오전 11시에는 시사회에 참석해서 싸구려 셰리 한잔에 자신의 명예를 팔아야 한다.

문학을 지키는 예방책

일 년 전쯤 흔히 출판의 자유를 옹호하는 글이라 부르는 존 밀턴의 책자 『아레오파지티카』 출간 300주년을 기념하는 펜(P.E.N.)클럽 대회에 참석했다. 대회가 열리기 전 배포된 홍보물에는 책을 살해하는 죄에 관해서 밀턴이 했던 그 유명한 구절이 인쇄돼 있었다.

연단에 섰던 지명 연사는 네 명이었다. 한 명은 출판의 자유를 다뤘지만 인도의 상황과 관련해서만 연설을 했다. 다른 한 명은 주저하면서 그리고 매우 일반적인 용어를 써 가며 자유는 좋은 것이라고 했다. 세 번째 사람은 문학의 외설적 표현을 처벌하는 법을 비난했다. 네 번째 사람은 연설 내내 러시아에서 벌어진 숙청을 옹호했다. 대회 참가자들의 연설 중에는 외설과 외설 관련법을 상기해 보는 내용이나 소비에트 러시아를 무조건적으로 칭송하는 내용이 들어가 있었다. 섹스 문제를 글로 솔직하게 표현할 수 있는 자유인 도덕적 자유를 대부분 인정하는 것 같았지만 정치적 자유는 언급도 되지 않았다. 거기에 모였던 수백 명 중 절반 가까이는 글 쓰는 일과 직접적으로 관련이 있는 사람들이었을 텐데도, 만일 출판의 자유가 어떤 특별한 것을 의미한다고 한다면, 출판의 자유는 다른 것이 아니라 비판하고 반대할 자유를 의미한다고 지적한 사람은 단 한 명도 없었다. 중요한 점은 밀턴의 『아레오파지티카』를 기념하기 위해 모인 그 자리에서 『아레오파지티카』에 나오는 구절을 인용한 연사는 단 한 명도 없었다는 것이다. 게다가 전쟁 동안 영국과 미국에서 살해된 책들을 언급한 연사 역시 한 명도 없었다. 결국 그 회의는 검열에 찬성하는 시위였던 것이다.[1]

특별히 놀라운 일은 아니다. 우리 시대에 지적 자유라는 견해는 두 종류의 공격을 받고 있다. 한 공격은 전체주의를 옹호하는 이론가 적들로부터이고 또 다른 공격은 독점과 관료주의라는 즉각적이고 실제적인 적들로부터이다. 자신의 고결함을 지키고자 하는 작가나 언론인은 적극적인 핍박이 아니라 사회 내의 대체적인 풍조 때문에 좌절한다. 그들을 좌절케 하는 것들로는 극소수의 부자들에게 집중되어 있는 언론, 독점 지배되고 있는 방송과 영화, 책 사는 데 돈을 쓰지 않으려는 대중 — 거의 모든 작가들은 생계를 위해 돈이 되면 아무 글이나 쓸 수밖에 없다. —, 정보부나 영국 문화원 같은 정부 기관의 침해 — 작가의 생계에는 도움이 되지만 시간을 낭

1 일주일 남짓 계속된 펜클럽 축하 행사에서 나온 발언 모두가 동일한 수준을 유지한 것은 아니라는 말이 합당할 듯하다. 내가 참석했던 날이 우연히 심했을 수도 있다. 그러나 연설문들(제목에 "표현의 자유"를 언급한)을 꼼꼼히 읽어 보면 우리 시대에는, 밀턴이 300년 전에, 그것도 한창 내전이 진행되던 엄혹한 시절에 그리했던 것처럼, 지적 자유를 그토록 가열하게 주장하는 사람이 거의 없다는 것을 알 수 있다. — 원주

비시키고 작가의 생각이 지배당하게 된다. — 지난 십 년간 지속된 전쟁 분위기 — 어느 누구도 이로 인해 발생하는 왜곡 효과로부터 벗어날 수 없게 된다. — 가 있다. 우리 시대에는 모든 것들이 공모하여 작가를 그리고 다른 분야의 예술가들까지 그저 위에서 하달한 주제를 진실의 전모도 모르고 써내는 하급 관리 같은 존재로 만든다. 이러한 운명에 맞서 싸울 때조차 작가는 자기편의 도움을 하나도 받지 못한다. 즉 그에게 그가 옳다는 확신을 심어 줄 거대한 여론이 없다. 어찌 됐든 과거 프로테스탄트의 세기 동안에는 저항이라는 견해와 지적 고결성이라는 견해는 혼재했었다. 이단 — 정치적, 도덕적, 종교적, 혹은 미적 이단 상관없이 — 은 자신의 양심에 분노를 일으키는 일을 거부하는 사람이었다. 그런 모습은 다음과 같은 기독교 부흥 찬송가 가사에 잘 요약돼 있다.

감히 다니엘 같은 사람이 되거라
감히 홀로 서거라
감히 확고한 목표를 세우고
감히 그것을 알려라

최근 같은 상황에서는 "감히 하라"를 "감히 하지 말라"로 수정해야 할 것이다. 기존 질서에 저항하는 것은 — 누가 뭐라 해도 여러 저항 중에서 그 수가 가장 많고 가장 흔하다. — 또한 개인마다의 고결성이라는 견해에 저항하는 것이 우리 시대의 고유한 특성이기 때문이다. 감히 홀로 서는 행위는 실제 위험할 뿐만 아니라 이념의 측면에서 보더라도 범죄와 같은 행위다. 작가와 예술가의 독립은 모호한 경제 세력에 잠식되며, 동시에 옹호하는 역할을 담당한 사람들에게 훼손되고 있다. 여기서 내가 주목하는 부분은 바로 두 번째 과정이다.

사상의 자유와 출판의 자유는 종종 신경 쓸 가치도 없는 논쟁으로부터 공격을 받아 왔다. 강연이나 토론을 해 본 경험이 있는 사람이라면 누구나 그 점을 잘 안다. 여기서 나는 자유는 허상이라는 흔히 들어 왔던 주장이나 민주 국가보다 전체주의 국가가 더 자유롭다는 주장을 논하려는 것이 아니다. 자유는 바람직한 것이 아니고 지적 정직성은 반사회적 이기심의 한 형태일 뿐이라는, 옹호하기 훨씬 쉽고 또 그만큼 위험한 주장을 논하려는 것이다. 다른 문제들을 앞세우고 있지만 언론의 자유와 출판의 자유를 둘러싼 논쟁의 기저에는 바람직한 것이 무엇인지, 아니면 거짓말을 하는 것에 관한 논쟁이 자리하고 있다. 진정 문제가 되는 것은 지금 벌어지고 있는 일들을 진실하게 보도할 권리다. 어떤 관찰자든 무지, 편견, 자기기만으로부터 자유로울 수는 없다. 하지만 이런 상황에서도 최대한 진실하게 보도할 수 있는 권리 말이다. 이런 말이 처음에는 내가 정직한 보도기사만이 유일하게 중요한 문학 장르라고 주장하는 것처럼 들릴 수 있다. 문학의 모든 차원에서, 또한 모든 예술 분야에서 동일한 문제가 좀 더 세련된 형태로 나타나고 있는데 그 점은 나중에 논의하고자 한다. 우선 그때까지는 흔히 이 논쟁을 둘러싸고 있는 관련성이 전혀 없는 여러 오해들을 제거하는 일에 집중할 필요가 있다.

지적 자유의 적들은 자신들의 주장을 언제나 규율과 개인주의와의 문제로 호소하려 애쓴다. 진실 대 비진실의 문제는 가능한 한 문제 삼지 않으려고 뒷전으로 빼 버린다. 강조점이 변할 수는 있지만 자신의 생각을 파는 것을 거부하는 작가는는 이기주의자에 불과한 인간으로 낙인찍힌다. 달리 표현하면 상아탑에서 침묵으로 일관하거나, 자기의 개성을 노출증 환자처럼 과시하거나, 부당한 특권을 고수하려는 노력의 일환으로 불가피한 역사의 흐름에 저항하려는 사람이라는 비난을 받는다. 가톨릭 신자와 공산주의자들은 그들의 반대자가 정직하면서도 지적인 사람들일 수 없다고 전제한다는 점에서 서로 닮았다. 둘 다 진실은 이미 드러나 있으며, 정말 바보가 아닌 한 내적으로는 진실을 인지하고 있으면서도 단순히 이기적인 동기 때문에 그것에 저항하고 있을 뿐이라고 암묵적으로 주장한다. 공산주의 문학은 "프티부르주아 개인주의", "19세기 자유주의의 허상" 등의 언사로 된 가면을 쓰고, 아직 제대로 합의된 의미가 없어 응대하기 곤란한 낭만적이니 감상적이니 같은 단어를 함부로 사용하면서 지적 자유를 공격한다. 이런 식으로 논쟁은 문제의 본질로부터 교묘히 빠져나간다. 순수한 의미의 자유는 계급이 없는 사회에서만 존재할 것이고, 그러한 사회를 만들어 내려는 노력을 기울일 때만 자유에 가장 근접한 상태에 도달한다는 공산주의 테제를 의식있는 사람들은 물론이고 일반인들도 수용할 수 있다. 그러나 공산당 자체가 계급 없는 사회의 실현을 목표로 하며 이미 소련에서는 그런 목표가 실현되어 가는 과정으로 들어섰다는 전적으로 근거 없는 주장이 여기에 은근슬쩍 끼어든다. 첫 번째 주장으로 두 번째 주장이 가능해진다면 인간의 상식과 인간에 대한 상식적인 예의에 관한 공격은 어떤 공격이든 다 정당화될 것이다. 그러나 이러는 사이 본질은 계속 비켜나 있다. 지적 자유는 보고 듣고 느낀 것을 표현할 자유를 의미하지 어쩔 수 없이 사실과 감정을 꾸며내야 하는 것을 의미하지 않는다. 현실 도피, 개인주의, 낭만주의, 등등을 비난하는 우리에게 친숙한 장광설은 단순히 역사 왜곡을 꽤나 괜찮아 보이게 하려는 강제 장치에 불과하다.

십오 년 전에는 지적 자유를 지켜 내려면 보수주의자, 가톨릭 교계, 그리고 일정 정도 — 영국에서는 강력하지 않았기 때문에 — 파시스트와 맞서야 했다. 오늘날에는 공산주의자들과 동반자 작가들로부터 지켜내야 한다. 보잘것없는 영국 공산당의 직접적인 영향력을 과장해서는 안 되겠지만 러시아의 신화가 영국의 지적 생활에 끼치는 독극물과 같은 해악에 관해서는 의문이 있을 수 없다. 그것 때문에, 알려진 사실들이 억압되고 왜곡되어, 지금 우리가 살고 있는 시대의 역사를 진실하게 기록할 수 있을지에 의문이 들 정도다. 하려고 들면 인용할 수 있는 예는 수백 개나 되지만 그중 하나만 들어 보겠다. 독일이 패망했을 때 소련 사람 상당수가 — 의심의 여지없이 비정치적인 동기로 — 독일 편을 들어 독일을 위해 싸웠던 것으로 알려졌다. 또한 러시아 포로들과 피난민 가운데 소규모지만 무시 못 할 숫자가 소련으로 돌아가기를 거부했다. 그리고 그중 적어도 일부는 자신들의 의지와는 상관없이 본국으로 강제 송환됐다. 이런 사실이 현장에 있던 많은 기자들에게 알려졌지만 영국 언론 대부분은 이를 보도하지 않았다. 그사이 영국의 친러시아 선전 매체는 소련에는 "매국노가 없다."라는 거짓 주장을 펼치며 계속해서 1936~1938년에 벌어진 숙청과 강제 추방을 정당화했다. 우크라이나 대기근, 스페인 내전, 러시아의 대폴란드 정책과 같은 주제를 둘러싸고 횡행했던 거짓말과 오보의 안개는 전적으로 의식적인 비정직성 탓만이라고는 할 수 없었다. 소련에 완전히 공감하는 — 러시아 사람들 자신들이 작가나 언론인들이 공감하길 바라는 방식으로의 공감 — 작가나 언론인이라면 누구나 중요한 이슈를 의도적으로 왜곡하는 것을 묵인해야만 하는 속사정도 있었다. 지금 내 앞에는 러시아 혁명 중 일어났던 최근의 사건들을 간략히 설명하는 팸플릿 하나가 놓여 있다. 1911년에 막심 리트비노프가 쓴 것으로 구하기 매우 힘든 문건이다. 이 팸플릿에서 스탈린은 언급되지 않고 오히려 트로츠키, 지노비에프, 카메네프 같은 인물들이 높이 칭송되고 있다. 이런 팸플릿을 보고 지적으로 가장 양심적인 공산주의자가 취할 수 있는 태도는 어떤 것일까? 기껏해야 바람직하지 않은 문건이기에 발간을 못 하게 하는 것이 좋았겠다고 말하는 반계몽주의자의 태도였을 것이다. 더군다나 어떤 이유로든 트로츠키를 비방하고 스탈린을 언급하는 부분을 추가한 윤색본을 발간하기로 결정했다고 하더라도 당에 충성해 온 공산주의자라면 그 누구도 이의를 제기할 수 없을 것이다. 이처럼 심각한 문서 위조 행위가 최근 수년 동안 계속해서 자행되어 왔다. 하지만 중요한 점은 그런 일이 일어난다는 것이 아니라 그런 일이 알려질 때조차 좌파 지식인 집단에서는 아무런 반응이 없다는 것이다. 진실을 말하는 것이 시의 적절치 못하다거나 어느 특정한 인물이나 막연히 다른 사람들의 이익이 되게 행동하는 것이라는 주장은 반론을 할 수 없는 주장으로 여겨진다. 게다가 그들이 용인한 거짓말들이 신문에 실린 후 뒤이어 역사책에 수록될 것이라는 전망으로 괴로워하는 사람조차 거의 없다.

전체주의 국가들이 조직적으로 하는 거짓말은 군대에서 사용하는 기만 작전과 동일한 속성을 가진 임시방편이 아니라는 주장이 가끔 제기된다. 그것은 전체주의에 필수적인 것으로 강제 수용소와 비밀경찰이 필요 없게 되더라도 여전히 존재하게 된다. 지식인 공산당원들 사이에서 은밀히 떠도는 전설이 있는데, 이는 러시아 정부가 지금은 거짓 선동이나 재판 조작을 할 수밖에 없지만, 러시아 정부가 비밀리에 참사실을 기록하고 있으며 일정 시간이 지나면 그것들을 공개하리라는 것이다. 이런 일은 절대 없으리라고 나는 확신한다. 그 같은 행위에 내재하고 있는 사고방식은 과거는 바뀔 수 없으며 역사를 정확히 아는 일을 응당 값진 것으로 신봉하는 자유주의 역사가의 사고방식이기 때문이다. 전체주의의 관점에서 볼 때 역사는 학습되는 것이 아니라 창조되는 무엇이다. 전체주의 국가는 사실상 신정 국가며 그 나라를 지배하는 특권 계급은 자신들의 지위를 유지하기 위해 자신들을 무오류의 존재로 여겨지게 해야 한다. 그러나 현실적으로 무오류인 사람은 있을 수 없으므로 이런저런 실수가 결코 행해진 적 없거나 이런저런 상상의 승리가 실제 있었던 점을 보여 주기 위해서는 과거 사건을 재구성할 필요가 자주 생긴다. 그러고 나서는 정책이 크게 바뀔 때마다 이에 상응하여 강령 역시 바뀌고 역사적으로 중요한 인물들을 재발견할 필요가 생긴다. 이런 종류의 일은 세상 어디에서나 벌어지지만 어느 특정 시점에 오로지 한 가지 생각만 허용되는 사회에서는 노골적인 왜곡으로 이어질 공산이 크다. 실제로 전체주의는 계속해서 과거를 바꿀 것을, 그리하여 종국에는 객관적 진실의 존재마저 믿지 말 것을 요구한다. 이 나라에서 전체주의를 옹호하는 자들에게는 절대적 진리는 도달할 수 없는 것이기에 큰 거짓말이 작은 거짓말보다 나쁠 게 없다고 주장하는 경향이 있다. 모든 역사 기록물에는 편견이 개입되고 부정확하다거나 다른 한편으로는 우리 눈에 실상처럼 보이는 것들이 단지 허상에 불과하다는 점을 현대 물리학이 입증했으니 감각으로 수집된 증거를 믿는다는 것은 저속한 속물주의일 뿐이라고 지적하고 있다. 전체주의를 영속화하는 것에 성공한 사회는 분열적 사고체계를 만들어 낼 것이다. 이런 분열적 사고체계 내에서 상식의 법칙은 일상생활과 특정 정밀과학 분야에서는 유효할 수 있어도 정치인, 역사가, 사회학자에게는 무시당할 수 있다. 과학 교과서 왜곡을 언어도단이라고 생각하면서도 역사적 사실 왜곡은 아무 잘못도 아니라고 생각하는 사람은 이미 셀 수 없을 정도로 많다. 전체주의가 지성인들에게 거대한 압력을 행사하는 곳은 문학과 정치가 교차하는 바로 이 지점이다. 이 시점에서 정밀과학은 과거같이 위협이 되지 않는다. 이 점은 어느 나라에서든 작가들보다 과학자들이 정부에 줄서기 용이하다는 사실로 어느 정도 설명이 된다.

논의를 이어 가기 위하여 내가 이 글 첫머리에서 언급한 바를 반복하고자 한다. 영국에서 진실, 즉 사상의 자유를 즉각적으로 위협하는 적은 언론 군주, 영화계 거물, 관료 들이지만 멀리 보면 지식인 내면에서 자유를 갈망하는 열정이 약화되는 것이 가장 심각한 증상이라는 말이다. 지금까지 나는 문학 전반이 아니라 오로지 정치 언론 한 분야에 대해서 검열이 끼치는 영향에 관해서만 말해 왔을 수도 있다. 소련이 영국 언론에서 일종의 금기가 됐다는 점을, 스페인 내전이나 독일과 소련과의 협정 등과 같은 이슈가 심각한 논의 주제에서 제외된 점을, 사회의 지배적인 정설과 상충하는 정보를 알고 이를 왜곡하거나 이에 대해 침묵하는 것이 요구되는 점을, 이 모든 상황을 인정한다고 하더라도 확대된 의미의 문학이 굳이 영향

받을 필요가 있는가? 모든 작가가 정치인이고 모든 책이 불가피하게 사실에 충실한 보도문일 수밖에 없는가? 엄혹한 독재 정권 아래서도 작가 개개인들은 내면적으로 자유로울 수 없으며 권력 기관이 인지하지 못하도록 자신의 비정통적 사상을 순화하거나 위장할 수는 없단 말인가? 작가 자신이 지배적인 정설에 동의하는 것이 어때서 작가는 속박을 받아야 한단 말인가? 문학은 물론이고 여타 예술도 생각이 크게 충돌하지 않으며 예술가와 관객과의 구분이 뚜렷하지 않은 사회에서 가장 번성할 것 같지 않은가? 모든 작가는 반역자이고, 심지어 예외적인 인물이라고 전제해야만 하는 것인가?

전체주의의 주장에 맞서 지적 자유를 지키려는 사람들은 누구나 이런 유형의 문제와 맞닥뜨리게 된다. 그러한 문제들은 문학이 무엇인지 그리고 문학이 어떻게(어떤 사람들에게는 '왜'가 되겠지만) 출현하게 됐는지를 완벽하게 잘못 알고 있어서 생겨난다. 그들은 작가를 단순히 즐거움을 주는 사람으로, 아니면 마치 수동 오르간 연주자가 선율을 바꿔 가며 연주하듯 쉽게 선동의 내용을 바꾸는, 돈만 주면 아무 글이나 쓰는 이들로 전제한다. 그러나 결국 책이란 어떻게 써지는가? 현저히 낮은 수준이 아닌 이상, 문학은 경험을 기록하여 동시대인들의 관점에 영향을 끼치려는 시도다. 그리고 표현의 자유에 관한 한, 단순한 저널리스트와 가장 비정치적인 창작 작가 사이에는 큰 차이가 존재하지 않는다. 거짓 기사를 써야만 할 때나 자신이 생각하기로는 중요한 뉴스를 숨겨야만 할 때 저널리스트는 자유롭지 못하며 부자유를 의식하게 된다. 반면 창작 작가는 제 관점에서는 사실인 주관적인 감정을 왜곡해야만 할 때 자유롭지 못하다. 창작 작가는 제 의도를 더 분명하게 전달하기 위해 현실을 견강부회하거나 희화화할 수는 있어도 내면 풍경을 왜곡할 수는 없는 것이다. 좋아하지 않는 것을 좋아한다고, 믿지 않는 것을 믿는다고 확신에 차서 말할 수는 없다. 그렇게 하도록 강요된다면 결과는 창작 재능의 고갈뿐이다. 더구나 논쟁이 되는 주제를 피해서는 문제를 해결할 수 없다. 순수하게 비정치적인 문학이란 존재하지 않기 때문이다. 게다가 지금 우리는 직접적으로 정치적인 형식의 공포, 증오, 충성은 모든 사람들 의식의 표면 가까이에 있는 시대에 살고 있지 않나? 단 하나의 금기로도 정신 전체가 불구가 될 수 있다. 왜냐하면 자유롭게 이어지는 사고가 금기시된 사고로 이어질 위험이 항상 존재하기 때문이다. 전체주의 분위기에서 시인들, 적어도 서정시인들이 숨 쉴 여지가 있을는지 모르지만 모든 유형의 산문가들에게는 치명적이다. 게다가 두 세대 이상 존속해 온 모든 전체주의 사회에서는 지난 400년 동안 존재해 왔던 종류와 같은 산문 문학은 실제로 종말을 고하게 될 게 분명하다.

문학은 때때로 전제 정권 아래서 번창했다. 그러나 흔히 지적되어 오듯이 과거의 전제주의는 전체주의가 아니었다. 억압 기제는 비효율적이었고 지배 계급은 전반적으로 부패했거나 무관심했고, 사고는 반자유주의적이었으며, 지배적인 종교 교리는 대개 완벽주의와 인간의 무오류성이라는 관념과는 반대로 작동했다. 그렇다 해도 산문 문학이 최고 수준에 도달한 것은 민주주의 시대와 자유로운 사색이 가능한 시대였다는 말은 대체로 맞다. 전체주의에서 새로운 것은 전체주의의 교리가 논의의 여지가 없다는 점뿐만 아니라 불안정하다는 점이다. 전체주의 교리는 저주라는 고통을 참아 내면서도 받아들여야 하지만, 다른 한편으로는 어느 한순간 갑자기 변경될 여지가 있는 것이다. 예를 들어 영국과 독일의 전쟁을 두고 영국 공산주의자나 동반자 작가가 취할 수밖에 없었던, 완벽히 양립할 수 없는 여러 가지 태도들을 생각해 보자. 1939년 9월이 되기 전 몇 해 동안 그는 계속되는 "나치즘의 공포"라는 극도의 혼란 상태에서 자신이 쓰는 모든 글을 히틀러에 대한 비난으로 채워야만 했다. 그러다 1939년 9월 이후 열두 달 동안 그는 독일이 저지르는 죄보다 독일이 당하는 죄가 많다고 믿어야 했고 '나치'라는 단어는 적어도 인쇄물에서는 자신이 사용하는 어휘에서 빠질 수밖에 없었다. 그러다가 1941년 6월 22일 아침 8시 뉴스를 듣자마자 그는 또다시 나치가 세계사에서 가장 극악무도한 집단이라고 믿기 시작해야 했다. 정치인이라면 이런 변신을 쉽게 할 수 있지만 작가에게는 약간 다른 문제다. 작가가 정확히 제때에 지조를 바꾸려면 주관적인 감정에 대해 거짓말을 하거나 그 감정을 완전히 억눌러야 한다. 어느 경우든 본인 삶의 동력은 파괴된다. 더 이상 생각이 떠오르지 않을 뿐만 아니라 사용하는 단어들을 쓰려고 하면 그 단어가 순식간에 경직된다. 우리 시대의 정치적 글은 대부분 전적으로 아이들이 갖고 노는 조립식 장난감 세트의 조각 하나하나처럼 연결된 구절들로 구성된다. 이는 자기 검열의 피할 수 없는 결과다. 분명하고 힘 있는 언어를 쓰려면 두려움 없이 사고해야 하며 두려움 없이 사고한다면 정치적 정설이 될 수 없다. 지배적인 정통성이 오랜 시간을 거쳐 형성되어 왔기에 매우 심각하게 받아들여지지 않았을 때인 믿음의 시대에는 달랐을 수 있다. 그런 시절에는 개인 정신 영역 중 상당한 부분이 공식적으로 믿는 것에 영향을 받지 않은 채로 남아 있기가 가능했거나 가능하게 될 수 있었을 것이다. 그렇다고 하더라도 유럽이 향유했던 유일한 믿음의 시대에 산문학이 거의 사라졌다는 점은 주목할 가치가 있다. 중세 내내 창작 산문학은 거의 존재하지 않았고 사료로서의 가치를 지닌 것으로서 존재하는 글도 거의 없었다. 사회의 지적 선도자들은 가장 심오한 사상을 1000년 동안 거의 바뀌지 않은 죽은 언어로 표현했던 것이다.

하지만 전체주의는 믿음의 시대가 아니라 정신 분열의 시대를 약속한다. 사회 구조가 노골적으로 인위적이 될 때, 즉 지배 계급이 그들의 기능은 잃었지만 강압이나 기만으로 권력을 유지해 나갈 때 그 사회는 전체주의 사회가 된다. 그러한 사회는 아무리 오래간다 해도 결코 관용적이 되거나 지적으로 안정될 여유를 얻지 못한다. 문예 창작의 필수인 진실한 사실 기록도, 감정적 진정성의 기록도 결코 허용되지 않는다. 전체주의 국가에서 살아야만 전체주의에 의한 타락이 벌어지는 것은 아니다. 특정 생각을 만연시키는 것만으로도 독을 널리 퍼뜨릴 수 있다. 이런 연유로 문학적 목적을 위해 사용하기엔 불가능한 주제가 연속적으로 생겨나게 된다. 강요된 정설이 존재하는 곳 어디에서건 — 흔히 보듯 정설이 두 개가 존재하는 곳 어디에서건 — 좋은 글은 나오지 않는다. 이는 스페인 내전에서 여실히 드러났다. 스페인 내전이 다수의 영국 지성인들에게는 무척 감동적인 경험이었지만 그들에게 진지한 글을 쓸 수 있게 하는 주제를 제공한 경험은 아니었다. 허용된 발언은 단 두 가지뿐이었고 둘 다 뻔한 거짓말이었다. 그 결과 그 전쟁은 엄청난 글을 양산했지만 거의가 읽을 가치 없는 글뿐이다.

전체주의가 운문에 끼치는 영향이 산문에 끼치는 영향만큼 치명적인지는 확실치 않다. 권위주의 사회에서 산문 작가보다는 시인이 편안함을 느끼는 이유로는 여러 가지가 있지만 다음 몇 가지로 수렴된다. 우선 관료들과 여타의 실무적인 일을 하는 사람들은 일반적으로 자신이 말하는 것에 과도하게 몰입하는 시인을 업신여긴다. 둘째로 시인이 말하려고 하는 것 — 산문의 경우에는 의미하는 것 — 은 심지어 시인 자신에게도, 상대적으로 덜 중요하다. 시에 담긴 생각은 늘 단순하다. 생각을 제시하는 것이 시의 주된 목적도 아니다. 이는 그림에 들어간 일화가 그 그림의 주된 목적이 아닌 것과 같은 이치다. 그림이 붓이 지나간 자국의 배열이듯, 시는 소리와 그 소리로 연상되는 것들의 배열이다. 시는 노래의 후렴구 같이 짧은 분량의 구절 안에서 의미 전달을 완전히 생략할 수 있다. 따라서 시인은 아주 쉽게 위험한 주제를 다루지 않을 수 있고 이설을 주장하지 않을 수 있다. 설혹 이설을 표현한다고 해도 눈에 띄지 않을 것이다. 그러나 무엇보다도 훌륭한 운문은 훌륭한 산문과는 달리 시인 한 사람만의 개별적인 산물은 아니다. 특정 유형의 시들, 예를 들어 발라드나 아주 인위적인 운문 형식들은 여러 사람이 모인 집단의 합작품이다. 고대 잉글랜드와 스코틀랜드의 발라드가 원래 한 개인의 창작물인지 다수의 집단 창작물인지에는 논란의 여지가 있다. 그러나 어찌 됐든 입에서 입으로 전해지면서 지속적으로 바뀐다는 점에서 보면 집단 창작물인 셈이다. 심지어 기록으로 전해진 발라드조차 다양한 이판본들이 존재한다. 고대인들은 운문을 공동으로 지어낸다. 누군가가 처음 악기 연주에 맞춰 즉흥적으로 지어내다가 그 첫 번째 사람이 중단하면 또 다른 누군가가 한 행이나 운 하나를 추렴하기도 한다. 이런 과정이 수도 없이 이어지면서 노래 한 곡이나 발라드 한 편이 만들어지므로 원작자를 구별해 낼 수는 없는 일이다.

산문에서는 이런 밀접한 협업이 불가능하다. 특정 유형의 운문을 창작함에 있어 한 집단의 구성원이라는 기쁨이 실제적인 도움이 될 수 있지만, 심각한 주제를 다루는 산문은 어찌 됐든 한 사람이 혼자 써야만 한다. 운문 — 최고 수준은 아닐지라도 그럭저럭 훌륭하다고 할 만한 운문 — 은 심문이 극심한 정권 아래서도 살아남을지 모른다. 자유와 독창성이 소멸된 사회에서도 애국심을 고취하는 노래, 승전을 축하하는 영웅 찬양 발라드, 혹은 세련된 아첨은 여전히 필요할 것이다. 이런 유형의 시들은 예술적 가치를 결여하지 않으면서 요구에 맞게, 혹은 공동으로 창작될 수 있다. 산문은 다르다. 사고의 폭이 줄어들면 산문 작가의 창작력은 죽는다. 그러나 전체주의 사회 또는 전체주의적 사고를 수용한 집단의 역사를 보면 자유의 상실이 모든 문학 형식에 해롭다는 점을 알 수 있다. 히틀러 정권 아래서 독일 문학은 거의 사라졌다. 이탈리아라고 별반 나을 것도 없다. 러시아 문학은 우리가 번역으로 판단컨대 운문이 산문보다 나아 보이긴 하지만 볼셰비키 혁명 초기부터 현저하게 악화되었다. 십오 년 동안 진지하게 받아들일 수 있는 러시아 소설이 번역된 예는 극소수다. 서유럽과 미국에서는 문학 지식인들 중에는 공산당을 거쳤거나 공산당에 동조한 작가들이 매우 많았지만 이와 같은 좌경화 운동 전체가 출간한 책들 중에서 읽을 만한 것들은 얼마 되지 않는다. 정통 가톨릭 역시 특정한 문학 형식, 특히 소설에 압도적인 영향을 끼쳤던 것처럼 보인다. 300년이란 기간 동안 훌륭한 가톨릭 신자이면서 동시에 훌륭한 소설가였던 사람의 수는 얼마나 됐을까? 사실 언어로 칭송될 수 없는 특정 주제가 존재하는데 전제 정권이 바로 그런 주제다. 그렇기에 어느 누구도 종교 재판을 칭송하는 훌륭한 책을 쓰지 못했던 것이다. 시는 전체주의 시대에도 살아남을지 모른다. 그리고 특정 예술, 일례로 건축 같은 반쯤의 예술은 전제 정권이 나은 환경일 수 있다. 그러나 산문 작가들은 침묵 아니면 죽음을 선택할 수밖에 없다. 우리가 알듯 산문학은 이성주의, 개신교 시대 그리고 자율적인 개인의 산물이다. 그래서 지적 자유를 파괴하는 것은 언론인, 사회학 저자, 역사가, 소설가, 비평가, 마지막으로 시인을 차례차례 불구로 만든다. 미래에는 개인의 감정이나 진실한 관찰 없이도 가능한 새로운 유형의 문학이 생길 가능성이 있지만 현재로서는 상상하기 힘들다. 르네상스부터 쭉 이어져 온 자유주의적 문화가 종말을 고한다면 문학도 함께 소멸될 것이다.

물론 인쇄물은 계속해서 사용될 테지만 엄혹한 전체주의·사회주의 사회에서는 어떤 종류의 읽을거리가 살아남을지 헤아려 보면 흥미롭다. 추정컨대 신문은 텔레비전의 기술이 정점에 도달하기 전까지는 살아남겠지만 신문 말고 산업 국가의 대중들이 어떤 읽을거리를 필요로 할지에는 여전히 의문이 든다. 어떤 경우든 그들은 읽을거리에는 여타의 여가 활동에 쓴 돈 이상을 쓸 생각은 없다. 아마도 장편 소설과 단편 소설의 자리는 영화와 라디오 제작물로 완전히 대체되겠지만 인간의 개입을 최소한으로 축소하는 일종의 대량 생산 공정으로 생산되는 저급의 감상 소설류는 살아남을지도 모르겠다.

기계로 책을 쓴다는 것은 아마도 인간의 창작 영역을 뛰어넘는 일이 아닐 수 있다. 그러나 영화와 라디오, 광고와 선동, 그리고 싸구려 저널리즘에서는 이미 일종의 기계화 공정이 돌아가고 있음을 확인할 수 있다. 가령 일부는 기계 작업으로, 일부는 독창성을 억제하는 예술가들의 집단 작업으로 생산되는 디즈니 영화는 본질적으로 공장식 공정을 따르는 것이다. 라디오 극은 보통 주제와 방식이 미리 정해져 있는데 돈 받고 고용된 글쟁이들이 이에 맞춰 쓴다. 게다가 그들이 쓰는 것은 그저 초고 수준의 원재료들이다. 제작자들이나 검열관들은 이것을 자기들 식으로 재단해 원하는 것으로 만들어 낸다. 정부 여러 부처에서 발주한 수많은 책과 팸플릿 또한 마찬가지다. 제작 과정이 훨씬 기계적인 것은 싸구려 잡지의 단편소설, 연재물 그리고 시다. 《라이터스》 같은 신문에는 한 번에 몇 푼만 내면 이미 구성된 플롯을 판다고 선전하는 문예 학교 광고가 넘쳐 난다. 어느 광고에는 전체 플롯은 물론이고 각 장의 시작 첫 문장과 마지막 문장도 제공한다고 돼 있다. 또 다른 광고에는 작가들이 플롯을 짤 때 사용할 수 있는 일종의 수학 공식 같은 것을 제공한다고 돼 있고, 등장인물과 상황을 적어 놓은 카드 묶음을 제공한다고 돼 있는데 그 카드를 뒤섞어서 배열하면 참신한 이야기가 자동적으로 만들어진다고 선전하는 광고도 있다. 전체주의 사회가 문학을 필요로 할 때 문학이 생산되는 방식은 아마도 이런 방식일 것이다. 저술 과정에서 상상 — 아마도 의식 역시 — 은 제거될 것이다. 책은 관료들이 그려 놓은 큰 그림 안에서 기획된 후, 수많은 사람들의 손을 거쳐 완성될 것이다. 그렇게 완성된 책은 조립 라인 최종 단계에서 비로소 완성되는 포드 자동차처럼 더 이상 어느 한 개인의 창작물은 아닐 것이다. 두말할 것도 없이 그런 식으로 제작된 것들은 모두 다 쓰레기다. 그러나 쓰레기가 아닌 것들은 무엇이든 국가의 체계를 위험에 빠뜨릴 것이다. 과거의 문학이 살아남기 위해서는 억압되거나 최소한 정교하게 다시 써져야 한다.

전체주의는 지금껏 그 어느 곳에서도 완전한 승리를 거두지 못했다. 우리 사회는 대체적으로 자유로운 사회다. 언론 자유라는 권리를 행사하기 위해서는 경제적 압력과 여론이라는 강력한 힘과 싸워야 하지만 아직 비밀경찰과 싸울 것까지는 없다. 마음만 먹으면 은밀하게 거의 모든 것을 말하거나 출간할 수 있다. 그러나 사악한 것은 이 글 첫머리에서 언급했듯이 자유에 의미를 가장 많이 부여해야 할 사람들이 의식적으로 자유의 적이 된다는 점이다. 전체 대중은 그 문제가 어떻든 별 관심이 없다. 이단을 박해하는 데 찬동하지 않지만 그렇다고 그들을 옹호하려고도 하지 않는다. 그들은 정신이 온전하면서 동시에 너무나 아둔해서 전체주의를 이해하는 관점을 갖지 못한다. 지적 품격에 대한 직접적이고 의식적인 공격은 지성인 자신들로부터 나온다.

친러시아 지식인들이 그런 특정 신화에 굴복하지 않았다면 같은 종류의 다른 신화에 굴복했었으리라는 추론은 가능하다. 그러나 어쨌든 러시아 신화는 엄연히 존재하고 그로 인한 부패로 썩은 내가 진동한다. 고등 교육을 받은 사람들이 압제와 박해에 무관심한 것을 지켜보는 사람들은 그들의 냉소주의와 근시안 중 어느 것을 더 경멸해야 할지 확신이 서지 않는다. 가령 다수의 과학자들은 소련을 무비판적으로 칭송한다. 그들은 당장 자신들의 연구 분야가 영향을 받지 않는다면 자유가 파괴되는 일쯤은 대수롭지 않게 생각하는 듯하다. 급속히 발전하는 대국 소련은 대량의 과학 종사자를 절실히 필요하기에 이들을 후하게 대우한다. 심리학 같은 위험한 학문과 관련성이 없다면 과학자들은 특권을 누린다. 반면 작가들은 혹독하게 탄압받고 있다. 일리아 에렌부르크나 알렉세이 톨스토이 같은 문학 매춘부들이 막대한 돈을 받는 것은 사실이지만 작가들에게 가치 있는 유일한 표현의 자유 같은 것은 박탈당하고 만다. 러시아에서 과학자들이 향유하는 기회를 열정적으로 칭송하는 영국 과학자들 적어도 몇 명은 그런 사정을 이해한다. 그럼에도 그들의 반응은 이 정도 수준이다. "러시아에서는 작가들이 탄압받는다고. 그래서? 어쩌라고? 난 작가가 아니잖아." 그들은 지적 자유에 대한 공격, 나아가서 객관적 진실이라는 개념에 대한 공격이 궁극적으로는 사고의 모든 영역을 위협하리라는 점을 모르고 있다.

전체주의 국가는 과학자들을 필요로 하기에 당장은 그들에 관대하다. 나치 정권 아래의 독일에서도 과학자들은 유대인이 아닌 한 비교적 후한 대접을 받았고 독일의 과학계는 히틀러에게 저항하지 않았다. 역사상 현재 같은 단계에서 최악의 독재자조차 일정 부분 자유로운 사고 습관이 남아 있어서, 일정 부분 전쟁을 준비할 필요가 있어서, 어쩔 수 없이 물리적 현실을 고려할 수밖에 없다. 물리적 현실을 완전히 무시할 수 없는 한, 예를 들어 비행기 설계도를 그릴 때 2 더하기 2가 4가 될 수밖에 없는 한, 과학자에게는 고유의 역할이 있기에 어느 정도는 자유가 허용될 수 있다. 과학자는 전체주의 국가가 공고히 확립된 후에야 깨우칠 것이다. 그동안 과학의 순수성을 지켜 내고 싶다면 그가 할 일은 문학 동료와 일종의 연대를 발전시켜 작가들이 침묵을 강요당하거나 자살로 내몰릴 때, 신문이 조직적으로 허위 보도를 일삼을 때 무관심해하지 않는 것이다.

하지만 물리과학, 음악, 회화와 건축이 어떻게 되든 간에 — 지금껏 내가 보여 주려고 했듯 — 사상의 자유가 파괴되면 문학은 운명적으로 소멸할 수밖에 없다는 것은 확실하다. 전체주의 체제를 유지하는 나라에서만 그런 것은 아니다. 전체주의의 관점을 받아들이는 작가, 탄압과 현실 왜곡의 구실을 찾는 작가, 그럼으로써 작가 자신을 파괴하는 작가에게도 동일한 운명이다. 일단 들어서면 빠져 나올 길은 없다. 개인주의와 상아탑에 대한 신랄한 비판도, "진정한 개성은 단지 공동체와의 동화를 통해서만 성취된다."라는 식의 엄숙하고 상투적인 문구도 매수된 마음은 망가진 마음이라는 사실을 넘어설 수는 없다. 특정 시점에 자발성을 갖게 되지 않으면 문학 창작은 불가능하다. 그리고 언어 자체가 지금의 언어와 완전히 다른 무엇이 된다면 모르긴 해도 우리는 문학 창작을 지적 정직성과 분리하는 법을 배우게 될 것이다. 지금 당장 우리가 아는 유일한 것은 상상력은 마치 야생 짐승들처럼 갇힌 상태에서는 결코 번식이 안 된다는 것이다. 그러한 사실을 부인하는 — 그리고 지금 소련에 대한 칭송에는 그러한 부인이 포함돼 있거나 내재돼 있다. — 작가와 언론인은 실은 자신의 파멸을 요구하는 셈이다.

훌륭하다고는 할 수 없지만 그런대로 괜찮은 책

얼마 전 어느 출판사 사장분이 내게 청탁을 해 왔다. 소설가 레너드 메릭의 작품을 재출간하는데 여기 들어갈 소개글을 써 달라는 것이었다. 그 출판사는 최근 독자들로부터 잊혀 가는 20세기 비주류 작가들의 작품 재출간을 기획하고 있었다. 요즘처럼 책을 읽지 않는 때에는 매우 가치 있는 시도다. 모든 책이 무조건 3페니인 수많은 책들 사이에서 어렸을 때 재미있게 읽었던 책들을 찾는 사람들이 부럽기만 하다.

요즘은 보기 힘들지만 19세기 말에서 20세기 초반까지 엄청난 인기를 누렸던 작품들을 G. K. 체스터턴이 "훌륭하다고는 할 수 없지만 그런대로 괜찮은 책"이라 불렀다. 문학적인 수준은 떨어지지만 진지한 책들을 찾기 힘들 때 그럭저럭 읽을 만한 작품들이 바로 이런 작품들이다. 『신사 도둑』과 셜록 홈스 시리즈가 바로 이런 유형에 속한다. 그동안 "문제 소설(problem novel)" "인간 삶의 기록(human documents)" "끔찍한 기소(indictment)"를 다룬, 수많은 작품들이 당연히 망각의 뒤안길로 밀려날 때조차 이런 유의 작품들은 계속해서 자리를 지켰다.(코넌 도일과 조지 메러디스 중 누가 더 오래갈까?) 나는 R. 오스틴 프리먼의 초기 작품들—「노래하는 뼈」, 「오시리스의 눈」과 어니스트 브라마의 『맥스 카라도스』 같은 작품들을 이들과 동 수준 작품으로, 웍이 쓴 『타타르 여행기』를 가이 부스비가 청소년용으로 다시 쓴 티베트 배경 스릴러 『니콜라 박사』 같은 작품을 이들보다 아래 수준의 작품으로 꼽는다. 실제 중앙아시아를 가 본 사람이 이 작품을 읽으면 무척이나 실망할 것이다.

당시 비주류 작가들이 스릴러만 쓴 것은 아니다. 유머러스한 작품을 쓴 작가들이 생각보다 꽤 많다. 예를 들어 페트리지—솔직히 이 작가의 작품을 무축약판으로 읽는다는 것이 이제는 더 이상 읽을 만하지 않다는 반증임을 인정할 수밖에 없다.—E. 네스비트(『보물을 찾아 나선 사람들』), 정치가 주제인 작품이 아니면 읽을 만한 조지 버밍엄, 포르노 소설 작가인 아서 빈스테드는《펑컨》에서 "피처(Pitcher)"라는 필명으로 글을 썼다. 여기에 미국 작가의 작품을 포함시키면 부스 타킹튼의 『펜로드』가 이런 유형에 속한다. 배리 페인은 앞서 언급한 작가들보다 한 수 위다. 페인의 작품 중 유머러스한 작품들은 지금도 여전히 출판된다. 나는 페인의 작품을 읽고자 하는 사람들에게 지금은 구하기 힘든 『클로디우스에게 주어진 팔일』을 권한다. 매우 훌륭한 공포 소설이다. 다음 세대의 작가들로는 저 멀리 극동의 항구도시에서 일어나는 이야기를 W. W. 제이콥스풍으로 쓴 피터 블런델이 있다. H. G. 웰스는 어느 한 신문에서 극찬받은 적 있지만 지금은 알 수 없는 이유로 잊혔다.

그러나 솔직히 지금까지 언급한 모든 작품은 순수 문학의 범주를 벗어난 작품들이다. 이런 작품들은 기억 속에서 우리가 이따금씩 찾아가가 삶을 탐색해 보는 고요한 삶의 모퉁이라 할 수 있는, 우리를 기분 좋게 해 주는 삶의 편린을 구성하지만 실제 삶과 관계없을 때가 많다. 또 다른 종류의 훌륭하다고 할 수는 없지만 그런대로 괜찮은 작품들이 존재한다. 이런 유형은 의도된 진지함을 통해 소설의 본질과 최근 소설이 타락한 이유를 설명한다. 지난 오십 년을 돌아볼 때 어느 기준으로 보더라도 훌륭한 작가라 부를 수 없는 작가들 — 이들 중 몇몇은 지금도 여전히 작품 활동을 한다. — 이 있다. 그럼에도 이들은 타고난 소설가들이다. 게다가 이들의 작품들은 일정 부분 고상한 취향이 아니라는 이유로 기피되고 있지 않기 때문에 나름대로는 작가로서의 진정성을 인정받는다. 레너드 메릭, W. L. 조지, J. D. 베레스포드, 어니스트 레이먼드, 메이 싱클레어 같은 작가가 여기 속하며, 이들보다는 수준이 떨어지지만 A. S. M. 허친슨도 본질적으로는 같은 부류에 속하는 작가다.

이들의 특징은 다작으로 인해 작품의 질이 일정치 않다는 것이다. 메릭의 『신시아』, 베레스포드의 『진실을 말할 수 있는 사람』, 조지의 『칼리반』, 싱클레어의 『겹쳐진 미로』, 레이먼드의 『우리는 피고인이다』 등이 그중 괜찮은 작품들이다. 이 작품들의 작가들은 똑똑한 사람들에게서는 찾아보기 힘든 체념 비슷한 마음으로 작품 속 인물들과 동화되어 그들과 같이 느끼며 그들을 대신해 공감을 불러일으킨다. 이들을 통해 지적인 세련됨이 공연장 코미디언들에 단점으로 작용하는 것처럼 이야기 작가들에게도 단점으로 작용한다는 사실이 드러난다.

예를 하나 들어 보자. 비열한 살인 사건을 설득력 있게 풀어내는 데 일가견이 있는 어니스트 레이먼드의 『우리는 피고인이다』는 크리펜 사건에 바탕을 둔 소설로서 레이먼드는 등장인물들이 한심할 정도로 천박한 사람이라는 사실을 일부만 인식한 덕분에 그들을 경멸하지 않음으로써 많은 것을 얻게 됐다. 시어도어 드라이저의 『미국의 비극』처럼 이 작품도 세련되지 않은 장황한 문체 덕분에 일정 정도 얻는 것이 많다. 선별하지 않은 세세한 것들 위에 세세한 것들이 추가되는 과정에서 끔찍하고 무지막지한 잔인함이 서서히 증폭된다. 『진실을 말할 수 있는 사람』에서도 마찬가지다. 이 작품에는 앞서 언급한 촌스러움을 찾아볼 수는 없지만 보통 사람들이 힘들어하는 문제들을 심각하게 받아들일 줄 아는 공감 능력이 존재한다. 이런 점은 『신시아』에서도 동일하게 나타난다. 『칼리반』의 첫 부분도 어쨌든 마찬가지다. 조지가 쓴 작품 대부분은 쓰레기같이 형편없지만 그나마 노스클리프의 실화를 바탕으로 한 이 작품은 런던의 중하류 계급 사람들의 삶을 기억에 남을 만하게 사실적으로 묘사한다. 또한 여러 군데에서 작가의 자전적 요소가 발견되는데 훌륭하다고는 할 수 없지만 그런대로 괜찮은 작가가 좋은 점 하나는 작품 속에서 자신들의 자전적 사실을 부끄러움 없이 쓴다는 점이다. 자기 과시와 자기 연민이 소설가에게는 치명적이지만 그렇다고 이를 너무 겁낸다면 소설가의 창작 재능에 좋지 않은 영향을 줄 수도 있다.

훌륭하다고는 할 수 없지만 그런대로 괜찮은 문학이 존재한다는 것 — 머리로는 심각하게 받아들이지 않는 책이라도 막상 읽어 보면 재미있고, 흥분되고, 심지어 감동까지 줄 수 있다는 사실 — 은 예술이 대뇌 활동과 전적으로 다르다는 사실을 일깨워 준다. 고안해 낼 수 있는 모든 기준을 다 들이대도 토머스 칼라일이 앤서니 트롤럽보다 지적으로 훨씬 뛰어난 인물임은 분명할 것이다. 그러나 트롤럽의 작품은 여전히 읽히지만 칼라일의 작품은 그렇지 않다. 머리는 똑똑했지만 평이하고 정곡을 찌르는 영어 문장을 쓸 재능이 칼라일에게는 없었다. 시인들에게도 마찬가지겠지만 소설가들의 지적 능력과 창작 능력 사이에 어떤 연관성이 있는지를 설명하기란 무척이나 어렵다. 훌륭한 소설가란 귀스타브 플로베르처럼 자기 훈육에 천부적인 재능을 가진 사람이거나 찰스 디킨스처럼 지적 능력이 불규칙하게 뻗어나간 사람일 수 있다. 윈덤 루이스가 쓴 소설들, 예를 들어 『타르』나 『비열한 준남작』 같은 작품에는 평범한 능력의 작가 열두 명이 가진 재능을 전부 합친 만큼의 재능이 들어 있지만 이런 책의 완독은 중노동이다. 심지어 『겨울이 오면』 같은 작품에도 들어 있는 본질을 규명하기란 쉽지 않은 일종의 문학 비타민 같은 성분이 이 작품들에는 들어 있지 않다.

『톰 아저씨의 오두막』이 훌륭하다고는 할 수 없지만 그런대로 괜찮은 책 중에서는 최고다. 터무니없는 멜로드라마식 사건이 너무 많아 작품이 의도치 않게 우스꽝스럽게 돼 버린 감이 있지만 독자에게 깊은 감동을 주고 묘사도 본질적으로 진실하다. 이 중 어떤 것이 더 가치가 있는지를 판단하기란 쉽지 않다. 판단이 어찌 됐든 『톰 아저씨의 오두막』에서는 현실 세계를 진지하게 대하려는 노력이 보인다. 스릴러나 가벼운 웃음만을 담은 글을 쓰면서 대놓고 도피적인 태도를 보이는 작가들은 어떤가? 『셜록 홈스』, 『반대로』, 『드라큘라』, 『헬

렌의 아기들』, 아니면 『솔로몬 왕의 광산』 같은 작품들은 또 어떤가? 이들은 모두 터무니없는 작품들이다. 이들은 같이 웃으려 하기보다는 누구를 대놓고 조롱하려는 경향이 강한 작품들이다. 더군다나 이것들을 쓴 작가들조차 심각하게 받아들이려 하지 않는 작품들이다. 그렇지만 이 작품들은 지금까지 살아남았고 앞으로도 살아남을 것이다. 여기서 우리가 말할 수 있는 전부는 문명이 지속되는 한 우리에게는 가끔씩 여가가 필요할 것이므로 가벼운 문학이 놓일 지정석은 언제나 있을 테고 박학다식함이나 지적 능력보다 훨씬 생존력이 뛰어난 순수한 기능이나 타고난 은총 같은 것들이 있을 수 있다는 사실이다. 연예장에서 불리는 노래가 명시 선집에 실린 시 사분의 삼보다도 훨씬 훌륭하다.

더 싼 술이 있는 곳으로 와 보시게,
더 많이 들어가는 주전자가 있는 곳으로 와 보시게,
주인이 익살맞은 곳으로 와 보시게,
바로 옆의 선술집이 그런 곳이라네.

아니면 이런 노래도 있다.

사랑스러운 검은 두 눈
오, 이 얼마나 놀라운 일이더냐!
오로지 엉뚱한 다른 사람을 부르려는 듯한
사랑스러운 검은 두 눈

나라면 「축복받은 아가씨」나 「골짜기에서 나눈 사랑」 같은 시를 쓰느니 차라리 위에서 언급한 노래 중 하나를 쓰려고 했을 것이다. 같은 취지로, 작품의 수준을 판단하는 문학적 잣대가 있는지는 알지 못하지만 나라면 버지니아 울프나 조지 무어의 전집보다 『톰 아저씨의 오두막』이 오래 살아남으리라는 데 기꺼이 한 표를 던질 것이다.

책방의 추억

헌책방에서 일하면서 — 헌책방에서 일해 본 적 없는 이들은 그곳을 멋지게 차려입은 나이가 지긋한 신사분들이 표지가 송아지 가죽으로 돼 있는 오래된 2절판 책들을 천천히 읽는 천국 같은 곳으로 쉽게 상상하곤 한다. — 내가 놀랐던 점은 진정으로 책을 좋아하는 사람들이 드물다는 것이다. 내가 일했던 헌책방은 예외적으로 흥미로운 책들을 많이 보유하고 있었지만 어떤 책이 좋은 책이고 어떤 책이 나쁜 책인지를 구분할 줄 아는 손님은 전체 손님의 10퍼센트 정도 될까 하는 의문이 들 정도였다. 손님들 중에는 오로지 초판본만을 찾는 속물 손님들이 문학 애호가들보다 훨씬 많았고, 안 그래도 얼마 되지 않는 교과서 값을 조금이라도 더 깎으려 드는 동양 학생들 수가 그보다 좀 더 많았으며, 막연히 조카들 생일 선물로 적당한 책을 찾는 여성 손님들이 가장 많았다.

손님 상당수는 다른 곳에서도 무례한 손님 취급을 받는 사람들이었지만 유독 책방에 와서 특별한 기회를 모색하려는 부류였다. 가령 "아픈 사람에게 줄 책을 골라 달라는"(사실

이런 요청은 매우 흔하다.) 고상한 노부인이나, 1897년에 자신이 근사한 책 한 권을 읽었는데 혹시 그 책이 있는지 찾아봐 달라는 또 다른 고상한 노부인 같은 손님들이다. 불행히도 이 노부인은 내용은 차치하고라도 그 책의 제목도 저자도 기억하고 있지 않다. 단지 표지가 빨간색이었다는 것만 기억할 뿐이다. 그런 손님 외에도, 헌책방마다 자주 출몰하여 헌책방에서 일하는 사람들은 너무나도 잘 아는, 두 가지 유형의 무례한 손님이 있다. 첫 번째 유형은 몸에서 오래된 빵 부스러기 냄새가 나는 기력이 쇠한 손님들이다. 이들은 출근하듯 매일 책방에 오거나 어떤 날은 하루에도 몇 번씩 책방에 와서 누구도 사려고 하지 않을 것 같은 책들을 팔려고 한다. 두 번째 유형은 살 생각은 눈곱만큼도 없으면서도 엄청나게 많은 책을 구해 달라는 손님들이다. 우리 가게는 외상거래를 절대 하지 않았지만 다음에 와서 구입하겠다고 예약을 하면 손님들이 골라 놓은 책은 따로 빼서 보관하거나 우리 가게에 없는 책을 찾을 때는 우리가 따로 주문해 준다. 하지만 이런 식으로 주문을 한 손님들 중 다시 오는 사람은 절반도 되지 않는다. 처음에는 몹시 당황스러웠다. 무슨 생각으로 그러는 걸까? 가게에 와서는 희귀본이나 값나가는 책을 꼭 구해 달라고 부탁하고는 그다음부터는 감감무소식이다. 물론 그들 중 상당수는 의심의 여지 없이 편집증 환자들이었다. 그들은 이야기를 과장해서 했고, 좀처럼 듣기 힘든 기발한 구실을 지어내 집에서 나올 때 돈을 깜빡한 이유를 설명했다. 단언컨대 대부분의 경우 그들은 자신들이 지어낸 이야기들을 진짜라고 믿는 것 같았다. 언제나 런던 같은 도시에서 거리를 활보하고 다니는 사람들 중에는 완전한 정신 질환자라고는 할 수 없어도 정신이 좀 이상한 사람들이 상당수 있기 마련이다. 그들은 자연스레 책방으로 발길을 돌리는데 그 이유는 책방이라는 곳이 돈 한 푼 없이도 오래도록 시간을 때울 수 있는 몇 안 되는 곳 중 하나이기 때문이다. 일을 하다 보면 단번에 이런 사람들을 알아볼 수 있게 된다. 아무리 말을 거창하게 해도 그들의 이야기는 뻔하고 의도도 알 수 없다. 의심의 여지 없는 편집증 환자라고 판단되는 손님을 상대할 때면 그 사람이 찾는 책들을 따로 빼놨다가 그가 나가자마자 서가에 도로 꽂곤 하는 경우가 매우 흔했다. 내가 지켜본 바로는 그들 중 돈을 내지 않고 책을 갖고 나가려고 했던 사람은 한 명도 없었다. 그들은 그저 주문하는 것만으로도 충분했다. 그렇게 하는 것이 실제로 돈을 쓰고 있다는 환상을 그들에게 주는 듯했다.

대부분의 헌책방들이 그러듯 우리 가게도 책 외에 다른 여러 물건들을 함께 팔았다. 이를테면 중고 타자기, 사용한 우표 같은 것들이었다. 우표 수집가들은 나이와 상관없이 전부 남자들뿐이었는데 그들은 별났고 물고기처럼 말이 없었다. 확실히 여자들은 색이 들어가 있는 종이를 앨범에 붙이는 일이 지닌 고유한 매력을 알아보지 못하는 듯했다. 이외에 우리는 일본에서 지진이 일어날 것을 예언했다고 주장하는 누군가가 만들었다는 별자리 운세표를 6페니에 팔기도 했다. 나는 밀봉한 채로 판매하는 별자리 운세표를 개봉한 적은 한 번도 없지만 이것들을 사갔던 사람들이 가게에 와서 운세표가 자신들의 운세를 아주 정확히 맞혔다는 말을 종종 했다. (의심의 여지 없이 당신은 이성에게 엄청나게 매력적인 사람이고 타인에 베푼 관대함이 살면서 지금까지 저지른 잘못 중 최악이라고 풀이하는 별자리 운세표는 늘 '정확하게' 당신의 운세를 맞추는 법이다.) 아동용 서적이 꽤나 팔렸는데 그중에서도 재고품들이 잘 나갔다. 최근의 아동용 서적은 끔찍하다고 할 수 있는데 특히 아동용 서적 전체를 통틀어 보면 더 끔찍하다. 나라면 아이에게 책을 선물하려고 할 때 『피터 팬』보다는 페트로니우스 아르비테르가 쓴 책을 선물하겠다. 배리는 후에 그를 모방한 작가들에 비하면 더 남자답고 건전하게 보일 정도다. 우리는 크리스마스 시즌 열흘을 크리스마스카드와 달력을 팔면서 마치 열병을 앓듯 보냈다. 카드와 달력은 팔기에는 성가셨지만 크리스마스 시즌 내내 돈이 되는 물품들이었다. 기독교인의 감성을 착취하는 잔인한 냉소주의를 나는 흥미롭게 지켜봤다. 크리스마스카드 회사의 영업 사원은 6월부터 제품 목록을 들고 책방을 들락거렸다. 거래 명세서에 적혀 있던 문구가 아직도 기억에 생생하다. "두 다스. 토끼들과 함께 있는 아기 예수."

하지만 우리 책방 제2의 수입원은 뭐니 뭐니 해도 대여 문고였다. 오로지 소설책 500~600권으로만 구성된 대여 문고는 여느 대여 문고처럼 "예치금 없이 2페니"만 받고 책을 대여했다. 책 도둑들이 이 같은 대여 문고를 어찌 사랑하지 않을 수 있겠는가! 책방 한 곳에서 2페니를 내고 책 한 권을 빌리고 나서 식별표를 떼 버린 후 다른 책방에 1실링을 받고 팔아먹는 짓은 세상에서 제일 쉬운 범죄다. 그럼에도 책방 주인들은 예치금을 요구해서 대여 문고 이용자 수를 떨어뜨리느니 차라리 어느 정도의 책은 도둑맞는 게(우리 가게에서는 한 달에 열두 권 정도를 잃어버렸다.) 이익이 된다는 점을 알았다.

내가 일했던 책방은 정확히 햄스테드와 캠든타운 경계에 위치했기 때문에 준남작에서부터 버스 차장에 이르기까지 온갖 유형의 사람들이 들락거렸다. 아마도 우리 책방의 대여 문고 고객들은 런던의 일반 독자층의 단면을 구성한대도 과언이 아니었다. 그러니 우리 대여 문고 전체 책 중 가장 많이 대출된 책의 저자를 언급할 만하다. J. B. 프리스틀리? 헤밍웨이? 월폴? P. G. 우드하우스? 아니다. 에델 M. 델이 1위, 워릭 디핑이 1위와 거의 차이 없는 2위, 제프리 파놀이 3위였다. 물론 델의 소설은 오로지 여성들만 찾았는데 무언가를 동경하는 독신 여성들이나 담배 가게의 뚱뚱한 부인들만이 아니라 예상과 달리 전 계층, 전 연령층의 여성들이 좋아했다. 남성은 소설을 읽지 않는다는 말이 사실은 아니지만 남성이 피하는 특정 소설 장르가 있다는 말은 사실이다. 대략 평균 수준의 소설이라 할 수 있는 작품들은 — 마치 영국 소설의 표준처럼 된 장단점을 동시에 갖고 있는 골즈워디의 작품이라는 원액에 물 타기를 한 작품들 — 오로지 여성 독자들만을 위해서 존재하는 듯하다. 남성 독자들은 자신들이 존경할 만한 소설이나 탐정 소설을 읽는데, 남성들의 탐정 소설 소비량은 엄청나다. 내가 알기로 우리 대여 문고 고객 중에는 얼추 일 년 동안 탐정 소설을 다른 대여 문고에서 빌려 읽은 것 말고도 매주 네다섯 권 정도를 읽은 사람도 있었다. 내가 더 놀랐던 점은 그 사람은 탐정 소설을 그렇게나 많이 읽으면서도 같은 책을 절대로 다시 읽지 않는다는 사실이었다. 엄청난 양의 쓰레기(일 년 동안 그가 읽은 책의 쪽들을 다 모으면 900평 정도는 덮을 수 있다.)라도 어떻게든 기억에 남긴 하는 모양이었다. 그는 책 제목이나 저자를 살펴보지도 않고도 그저 책을 한번 슬쩍 봄으로써 그 책이 자기가 이미 읽은 책인지 아닌지를 구별할 수 있었다.

대여 문고에서 일하다 보면 사람들의 가식적이 아닌 진정한 취향을 알게 된다. 그리고 한 가지 놀라운 점은 영국의 고전 소설가들이 대중들의 사랑을 완전히 잃었다는 것이다. 디킨스, 새커리, 제인 오스틴, 트롤럽 등을 대여 문고 도서 목록에 넣는 일은 전적으로 쓸데없는 일이다. 왜냐하면 이런 작품들을 대여해 갈 사람이 한 명도 없기 때문이다. 사람들은 19세기 소설을 힐끗 쳐다보고는 "흠, 엄청 옛날 거네!"라며 외면한다. 하지만 디킨스 작품을 파는 일은 셰익스피어 작품을 파는 것만큼 언제나 무척 쉽다. 디킨스는 사람들이 항상 읽을 의향이 있는 작가의 한 명인지라, 헌책방에서는 성경과 마찬가지로 꽤나 유명하다. 사람들은 마치 모세가 갈대 바구니에서 발견됐고 하느님의 등을 봤다는 것을 들어서 알듯 빌 사이크스가 강도였고 미코버 씨가 대머리라는 사실도 들어서 알 뿐이다. 또 하나 주목할 것은 미국 책의 인기가 점점 떨어지고 있다는 사실이다. 그리고 또 하나 놀라운 사실은 — 출판사들은 이삼 년마다 이런 문제로 마음을 졸인다. — 단편 소설이 인기가 없다는 것이다. 읽을 책 한 권 추천해 달라고 대여 문고 담당자에게 부탁하는 사람들의 입에서 나오는 첫 마디는 우리 문고의 한 독일 고객이 즐겨 하는 표현처럼 한결같이 "단편 소설은 말고요."나 "짧은 이야기는 빼 주세요."다. 이유를 물어보면 종종 단편 소설을 읽을 때마다 새로운 등장인물들에 익숙해져야 하는 고역을 치르기 싫기 때문이란 대답이 돌아온다. 그들은 첫 장 이후부터는 많이 생각할 필요가 없는 장편 소설에 몰입하기를 더 좋아한다. 그럼에도 나는 독자들보다는 작가들이 문제라고 생각한다. 오늘날 영국과 미국의 단편 소설 대부분에는 생기와 가치가 철저히 결여돼 있다. 그 정도가 대부분의 장편 소설들보다 훨씬 더하다. 그렇지만 제대로 된 단편 소설은 충분히 인기가 많다. D. H. 로렌스의 단편 소설은 그의 장편 소설만큼 인기가 많다.

그렇다면 나는 전업 서적상이 되고 싶어 하는 것일까? 내 대답은 — 책방 주인이 잘 대해 줬고 그 책방에서 일하면서 좋았던 날도 있었지만 — 대체적으로 '아니오'다.

입지가 좋고 밑천이 충분하다면, 교육받은 사람 누구나 책방을 운영해서 수입은 적지만 안정된 생활을 할 수 있어야 한다. 희귀본을 취급하는 책방을 운영하려는 것이 아니라면 책방 일은 배우기 어렵지 않고 책 내용을 잘 알고 있으면 시작하기가 매우 유리하다.(대부분의 서적상들은 책 내용을 잘 모른다. 책 매매 소식지에 실리는 광고를 보면 그 정도가 어떤지 알 수 있다. 혹시 보스웰의 『쇠퇴와 타락』을 구한다는 광고를 못 보더라도 조지 엘리엇의 『플로스 강의 물방앗간』을 사고판다는 광고를 못 볼 수는 없을 것이다.) 또한 책을 사고파는 일은 일정 지점을 넘어설 정도로 천박해질 수 없는 인도적인 사업이다. 독점 기업들이 식료품상과 우유상을 쥐어짜 망하게 할 수 있었지만 소규모 독립 서적상들에게는 결코 그럴 수 없다. 하지만 근무 시간은 꽤 길고 — 나는 그저 시간제로 일을 했을 뿐이지만 사장님은 책을 구하러 다니는 시간을 빼고도 매주 70시간씩 일했다. — 건강에 좋지 않다. 대개 책방은 겨울에 끔찍할 정도로 춥다. 책방은 창밖에서 안이 잘 보여야 하는데 안이 너무 따뜻하면 창에 김이 서려 안이 잘 안 보이기 때문이다. 게다가 책에서는 세상 어느 것보다 더 많고 지저분한 먼지가 뿜어져 나오고 서가에 꽂힌 책의 윗부분은 늘 금파리가 죽을 장소로서 가장 좋아하는 곳이다.

내가 책방 일을 평생 하고 싶어 하지 않는 진짜 이유는 책방에 들어와 있으면 책에 대한 애정이 사라지기 때문이다. 때때로 서적상들은 책에 관해서 거짓말을 해야 하는데 그러다 보면 책이 싫어진다. 더 안 좋은 것은 서적상들은 책에 내려앉은 먼지를 끊임없이 털어내야 하고 책의 위치를 이리저리 계속 바꿔 줘야 한다는 것이다. 진정으로 책을 사랑했던 때가 있긴 했다. 최소 오십 년은 된 책의 모습과 냄새와 감촉을 사랑하던 때가 있었다는 말이다. 시골의 경매장에서 단돈 1실링을 주고 책 한 무더기를 살 때만큼 즐거웠던 적이 없다. 그런 식으로 예상치 못하게 구입한 책에는 독특한 운치가 있다. 잘 알려지지 않은 18세기 시인들, 고지명 사전들, 지금은 거의 잊힌 소설 희귀본들, 1860년대 여성지 제본판들이 그러하다. 무심히 책을 읽을 때 — 예를 들어 목욕할 때나 너무 피곤해서 오히려 잠이 안 오는 늦은 밤이나 점심 먹기 전 다른 것을 하기 애매한 자투리 몇 분의 시간처럼 — 에는《걸스 오운 페이퍼》과월호만 한 것이 없었다. 하지만 책방에서 일하기 시작하면서부터 나는 책을 더 이상 사지 않게 됐다. 한 번에 5000 혹은 1만 권 정도의 책이 쌓여 있는 장면을 보다 보니 책이 별볼 일 없어졌고 지긋지긋하기까지 했다. 물론 요즘에도 이따금씩 책을 사긴 하지만 빌려 볼 수 없을 때뿐이다. 그럼에도 쓰레기 같은 책은 결코 사지 않는다. 오래된 책에서 나는 달콤한 냄새에 나는 더 이상 끌리지 않는다. 오래된 책을 보면 편집증 환자 같은 손님들과 죽은 금파리들이 마음속에서 너무나도 금방 연상되기 때문이다.

나는 왜 쓰는가

나는 아주 오래전인 대여섯 살 무렵부터 어른이 되면 작가가 되리라는 것을 알았다. 이런 생각을 열일곱 살에서 스물네 살 때쯤에는 안 하려고 했다. 하지만 나의 본성을 스스로 억누르고 있음을 깨달았고, 따라서 시간이 조금 흐르면 책을 쓰는 일로 돌아올 수밖에 없겠다는 점을 인식한 이후부터 나는 글 쓰는 일에 다시 전념하기 시작했다.

나는 삼형제 중 둘째로 태어났고 위아래 형과 동생과는 각각 다섯 살 차이가 난다. 여덟 살이 되기 전까지는 아버지의 얼굴을 거의 보지 못했다. 이런저런 이유로 나는 자라면서 외로움을 느낄 때가 많았기에 이른 나이에 다른 아이들은 안 좋게 생각하는 버릇을 갖게 됐다. 이런 이유로 나는 자연스레 학교 친구들 사이에서 인기 없는 아이가 됐다. 이야기를 꾸며내거나 상상 속 인물들과 대화를 지속하는 것처럼 외로운 아이들이 흔히 보이는 습관을 얻었다. 그래서 나의 문학적 야망은 시작부터 고립되었고 저평가된 것은 아닌가 하는 감정과 뒤섞이기 시작했다. 내게 언어를 다룰 줄 아는 능력과 세상의 불편한 진실과 직면할 힘이 존재한다고 생각했다. 이 덕분에 나는 일상에서의 실패를 만회할 수 있는 소위 나만의 사적 세계를 구축할 수 있다고 생각했다. 그럼에도 유아기와 소년기 동안 내가 쓴 심각한(즉 심각한 의도를 갖고 쓴) 주제의 글이라고 해 봤자 그 분량이 여섯 쪽도 되지 않았다. 내 나이 네다섯 살 때쯤 생애 첫 번째 시를 썼다. 당시 어머니는 내가 읊조리던 내용을 받아 적으셨다. 내용이 "의자 모양 이빨"을 가진 호랑이에 관해서였다는 것 말고는 그 시에 관한 기억은 아무것도 없다. "의자 모양 이빨"이란 표현은 꽤 그럴듯한 묘사지만 사실 지금 보니 블레이크의 시 「호랑이, 호랑이」를 표절한 것이라는 생각이 든다. 1914~1918년 전쟁이 있던 열한 살 때 썼던 애국심을 고취시키는 시 한 편이 지역 신문에 실렸다. 이 년 후에는 키치너의 죽음을 애도하는 시를 썼는데 이 시 역시 지역 신문에 실렸다. 나이가 좀 더 들었을 때는 가금씩 가당치도 않을 조지 양식의 자연시도 끄적거려 보았지만 완성하지 못했다. 단편 소설도 써 보려고 했는데 이 역시 참담한 실패로 끝났다. 이런 경력이 장차 심각한 글을 쓰는 작가를 꿈꾸던 내가 그 나이가 될 때까지 종이에 썼던 전부다.

하지만 나는 이 시기 동안 일정 부분 문학 활동을 해 오고 있었다. 첫 번째로, 쉽고 빠르게 할 수는 있지만 과정 자체가 별로 즐겁지 않은 주문 제작식 작품을 썼다. 학교 과제 외에도 지금 생각해도 엄청난 속도로 반(半)희극 시를 썼다. — 열네 살 때에는 아리스토파네스 작품을 모방한 운문 희곡 한 편을 일주일 정도 만에 완성하기도 했다. 또한 나는 기사를 직접 쓰거나 인쇄 일을 하는 것을 통해 학교에서 발간하는 여러 종류의 잡지 제작에 힘을 보탰다. 학교 잡지들의 수준은 더없이 초

라하고 별 볼 일 없었지만 그때의 고생은 요즘의 싸구려 저널리즘에 드는 고생보다는 훨씬 덜했다.

그런데 이런 일 외에도 나는 상당히 다른 종류의 문학 훈련을 근 십오 년 넘게 해 오고 있었다. 이것은 나 자신에 관한 연재 서사를 창작하는 일, 즉 마음속에만 존재하는 일기 같은 형식의 글을 계속해서 쓰는 것이었다. 이런 활동은 아동들이나 청소년들 사이에서는 흔한 습관이라고 생각한다. 어렸을 때 나는 나 자신을 로빈 후드라고 상상하곤 했고 짜릿한 모험을 하는 영웅으로 그려 보곤 했다. 하지만 얼마 안 가 나의 서사는 애틋한 자기애적 글이 되지 못하고 점점 내가 하는 일과 내가 경험한 일을 단순히 묘사하는 정도에 그쳤다. 어떤 때는 이런 구상을 잠시 했다. "그는 문을 밀어 열고 방에 들어왔다. 모슬린 커튼을 통과한 노란 햇살이 잉크병 옆에 반쯤 열린 성냥갑이 놓인 식탁 위에 길게 내려앉았다. 오른손은 주머니에 넣은 채 그는 방을 가로질러 창가로 갔다. 거리에는 삼색 얼룩 고양이가 낙엽을 쫓고 있었다 등등." 내가 문학과 상관없이 살던 때를 지나 스물다섯 살이 될 때까지 이런 습관은 이어졌다. 적절한 단어를 찾고 또 찾았다. 하지만 내 의지와는 상관없이 외부로부터 몰려오는 압박감으로 인해 무엇인가를 묘사하는 것에 천착한 것 같았다. 서사는 나이 때마다 내가 흠모했던 여러 작가들의 문체를 반영했던 것은 분명하지만 내가 기억하는 한 세세한 묘사에 신경을 지나치게 썼다는 점에서 늘 똑같았다.

열여섯 살 무렵 나는 별안간 단어가 주는 소박한 즐거움, 즉 단어의 소리와 그 단어가 연상시키는 의미가 주는 즐거움을 발견했다. 『실낙원』에 다음 구절이 나온다.

그리하여 그는 곤경과 모진 수고를 견디며
계속 나아갔다. 곤경과 수고를 견디며.
So hee with difficulty and labour hard
Moved on: with difficulty and labour hee.

지금은 그렇게 대단해 보이지 않지만 당시에는 등골이 오싹할 정도로 전율을 느낀 구절이었다. 그를 he가 아니라 hee로 표기한 것은 또 다른 즐거움이었다. 무엇인가를 묘사할 필요에 관해서는 이미 모든 것을 알았기에 그때 어떤 종류의 책을 쓰고 싶어 하냐고 누군가가 내게 물었다면 나는 분명히 답할 수 있었을 것이다. 엄청난 자연 소설을 쓰고 싶다고. 결말은 비극적이고 섬세한 묘사와 주목을 요구하는 직유, 그리고 단어들이 부분적으로 그 단어의 소리만을 전달하기 위해 사용된 현란한 문장으로 가득한 소설 말이다. 실제 구상은 훨씬 전부터 해 왔지만 서른 살 때 완성한 내 첫 번째 소설 『버마 시절』이 이런 유의 책이다.

내가 굳이 이런 배경 설명을 하는 이유는 작가가 어릴 때 어떤 식으로 성장했는지를 모르고는 그 작가의 글쓰기 동기를 판단할 수 없다고 생각하기 때문이다. 작가가 쓰는 글의 주제는 그 작가가 살아가는 시대에 의해 결정되겠지만 — 적어도 지금 우리가 사는 시대처럼 혼란스럽고 혁명과 같은 시대에는 — 글을 쓰기 시작하기 전부터 작가는 평생 벗어날 수 없는 한 가지 특정한 정서적 태도를 갖게 된다. 작가는 마땅히 자신의 기질을 잘 다스려야 하고, 미성숙한 단계에 머무르거나 비뚤어진 기분에 매몰되는 상황에 고착되지 않아야 한다. 하지만 어린 시절 받은 영향으로부터 완전히 벗어나게 되면 글을 쓰려는 충동이 작가에게서 사라질 것이다. 돈이 목적인 경우를 제외하면 글을 쓰는 데에는, 적어도 산문을 쓰는 데에는 네 가지 중요한 동기가 있다. 각 동기의 존재 정도는 작가마다 다를 것이며 작가가 사는 시대의 분위기에 따라 어느 한 특정 작가에게도 그 정도는 시기 별로 다르게 나타난다.

1. 온전한 이기심. 똑똑해 보이고 싶거나 사람들의 관심을 받고 싶거나 사후에 기억되고 싶거나 어렸을 때 자신을 막 대했던 어른들에게 앙갚음하고 싶다는 등등의 욕구. 이것이 동기, 그것도 강력한 동기가 아닌 척하는 것은 사기와 다름없다. 이런 특성은 과학자, 화가, 정치가, 법률가, 군인, 성공한 기업가, 즉, 최상층 사람들에게도 있다. 대다수 사람들은 유별나게 이기적이지 않다. 얼추 서른 살이 되면 사람들 대부분은 자신들이 개별적인 존재라는 의식을 하지 않게 되기 때문에 그때부터 사람들은 주로 남을 위해 살거나 일상의 고단함에 압도되는 삶을 살게 된다. 그러나 세상에는 죽을 때까지 자기의 삶을 기어코 살아가려는 다재다능하고 의지가 강한 소수의 사람들이 있기 마련인데 작가들이 바로 이런 부류에 속한다. 대체적으로 진지한 작가들이 돈에는 관심이 많지 않지만 언론인들보다는 허영심이 더 많고 더 자기중심적이다.

2. 미학적 열정. 외부 세계의 아름다움, 또는 단어와 단어의 올바른 배열이 주는 아름다움을 인식하려는 열정이다. 어느 한 특정 소리가 다른 소리에 미치는 영향, 잘 쓴 산문이 주는 견고함이나, 잘 쓴 이야기의 리듬이 주는 기쁨이다. 느낀 바를 나누고 싶은 욕망은 소중하기에 놓쳐서는 안 된다. 미학적 동기가 미약한 작가들도 많긴 하지만 팸플릿 작가나 교과

서를 쓰는 작가들에게도 실생활에서 얼마나 유용한가와는 관계없이 애착이 가는 단어와 문구들이 있을 것이다. 게다가 글꼴, 여백의 너비 등등에 끌리는 작가들도 있을 것이다. 철도 안내서 수준을 넘어서는 글 중에서 미학적 고려 없이 쓴 글은 하나도 존재하지 않는다.

3. 역사적 충동. 모든 일을 있는 그대로 보고, 진실을 찾아내 그것을 후세를 위해 이를 보존해 두려는 욕망.

4. 정치적 목적. 정치적이라는 단어를 가능한 한 가장 광범위한 의미로 쓸 때다. 세상을 특정 방향으로 밀고 가려는, 또는 추구하는 사회의 유형에 관해서 남들과 다른 생각을 지닌 사람들의 생각을 바꾸려는 욕망. 다시 말하지만 정치적인 편향이 없는 책은 이 세상에 단 한 권도 없다. 예술은 정치와 무관해야 한다는 의견 자체가 정치적이다.

이런 충동들이 어떤 방식으로 서로 충돌할지, 사람에 따라 그리고 시대에 따라 어떻게 요동칠지는 알 수 있다. 나는 천성적으로 — 여기서 천성이라 함은 어른이 막 되었을 때의 성향을 의미한다고 한다. — 처음 세 충동이 네 번째 충동보다 강한 사람이다. 평화로운 시대 같으면 나는 화려하거나 묘사를 중시하는 책을 썼을지 모른다. 게다가 내 정치적 성향이 어떤지도 모르고 살았을 것이다. 그런데 나는 일종의 팸플릿 작가가 될 수밖에 없었다. 먼저 나는 다섯 해 동안을 내게 안 어울리지 않는 일(인도와 버마에서 제국 경찰 노릇)을 하면서 살았다. 그로 인해 나는 가난과 좌절을 경험하게 됐고, 권위에 대한 타고난 혐오가 커졌으며, 생전 처음 노동 계급의 존재를 완전히 알게 되었다. 버마에서 산 경험 덕분에 나는 제국주의

실상을 어느 정도 이해하게 되었다. 그러나 정확한 내 정치 성향을 갖기에는 이런 경험만으로는 충분치 않았다. 이후 히틀러가 등장했고 스페인 내전이 발발하는 등의 일들이 벌어졌다. 1935년 말까지도 내 결심은 확고하지 않았다. 이런 고뇌에 관해 당시에 썼던 짧은 시를 나는 지금도 외우고 있다.

200년 전이었다면
행복한 교구 목사가 됐을지도 모를 일
영원한 심판에 관해 설교하며
호두나무 자라는 것을 지켜보면서

하지만 사악한 시절에 태어났기에
편안한 안식처를 놓쳤지.
윗입술에 수염이 자랐지만
성직자들은 모두 말끔히 면도를 하지.

여전히 좋은 시절이었고
우리는 아주 쉽게 만족하고
근심은 나무의 젖가슴에 안겨
　흔들며 잠재웠지.

아무것도 몰랐던 우리,
지금 위장하는 기쁨을 감히 인정했으니
사과나무 가지 위의 방울새가
내 적들을 떨게 할 수 있음을 고백하노니.

그러나 처자들의 배와 살구는,
그늘진 개울 속 잉어는,
말들은, 새벽녘에 날아가는 오리떼는,
이 모든 것, 한낱 꿈이라네.

다시 꿈꾸는 것이 금지된 지금
우리는 기쁨을 불구로 만들거나 숨기지
말들은 크롬 쇠로 만들어지기에
작고 뚱뚱한 자들이 타리니.

나는 꿈틀거려 본 적 없는 지렁이,
여자들을 거느려 본 적 없는 환관,
나는 사제와 정치 위원 사이를
유진 아람처럼 걷는다.

정치 위원은 라디오를 켠 채
이 내 운세를 예언하고,
　사제는 더기는 절대 믿지지 않는다며
　그 사제는 오스틴세븐 자동차를 사 주겠다고 약속하네

대리석 저택에서 사는 꿈을 꾸다가
깨 보니 생시였지.
나는 이런 시대에 맞게 태어난 사람이 아니지
스미스는? 존스는? 당신은?

스페인 내전과 1936년과 1937년 사이에 벌어졌던 그 외의 사건들은 무게 추를 한쪽으로 돌려놓았다. 그 뒤부터 나는 내가 어디에 서 있는지를 알게 됐다. 1936년부터 내가 써 왔던 모든 심각한 글들은 직간접적으로 전체주의에 맞서고 내가 아는 민주적 사회주의를 옹호한 것들이었다. 지금 같은 시대에 살면서 그런 주제를 다루지 않는 글을 쓴다는 것은 말도 안 된다. 이런저런 식으로 모든 작가들은 그런 주제에 관한 글을 쓰고 있다. 그것은 어느 쪽을 편들고 어떤 접근 방식을 따르느냐의 문제일 뿐이다. 그리고 자신의 정치적 편향을 더 많이 의식할수록 미학적, 지적 진정성을 희생하지 않으면서 정치적으로 행동할 기회를 더 많이 가질 수 있다.

지난 십 년 동안 내가 가장 하고 싶었던 일은 정치적 글쓰기를 예술로 만드는 것이었다. 내 출발점은 언제나 당파성, 즉 불의를 감지하는 데서부터다. 책상에 앉아서 책을 쓸 때 나는 "예술 작품을 만들어 내고 말 테야."라고 말하지 않는다. 폭로하고 싶은 거짓과 관심을 둬야 할 사실이 존재하기 때문에 나는 책을 쓴다. 그렇기 때문에 내 최우선 관심사는 독자들이 내 생각을 듣게 하느냐다. 그러나 미적 경험이 없다면 책을 쓰는 일은 물론이고 장문의 잡지 기사를 쓰는 작업조차 불가능할 것이다. 내 작품을 꼼꼼히 읽는 사람이라면 노골적인 선전 글을 쓸 때조차 전업 정치인이 보면 관련성이 부족한 데가 상당히 많다는 것을 알 것이다. 나는 어린 시절에 형성한 세계관을 완전히 포기할 수도 없고, 그러고 싶지도 않다. 내 몸과 정신이 온전한 나는 계속해서 산문 형식에 애착을 가질 것이며 지구를 사랑할 테고 구체적인 대상과 쓸모없는 정보 쪼가리들에서 기쁨을 느낄 것이다. 나의 이런 면을 억누르려는 수고는 부질없다. 이는 내 안에 깊이 배어 있는 좋아하는 것과 싫어하는 것과 당대가 우리 모두에게 강요하는 공공적, 비개인적 행위를 화해시키는 작업이다.

물론 쉬운 일이 아니다. 이 일은 구성의 문제와 언어의 문제를 야기하는 동시에 진실성이라는 새로운 문제를 야기한다. 야기되는 여러 어려움 중에서 투박한 유형의 어려움 하나를 예로 들어 보자. 내가 스페인 내전에 관해서 쓴 책인 『카탈로니아 찬가』가 노골적인 정치 저작인 것은 분명하지만 이 책의 근저에는 초연한 심정으로 형식에 신경을 쓴 저자의 노력이 자리한다. 나는 이 책에서 내 문학적 본능을 거스르지 않으면서 전체적인 진실을 말하려고 상당한 노력을 기울였다. 그러나 다른 무엇보다 이 책의 한 챕터에는 프랑코와 공모했다는 혐의를 받던 트로츠키파를 변호하는 신문기사 인용문과 같은 글이 여럿 실려 있다. 일이 년 뒤면 분명히 일반 독자들의 관심에서 멀어질 이런 챕터가 이 책을 망친 것은 분명하다. 평소 내가 존경하는 비평가 한 분이 훈계의 말씀을 주셨다. "어째서 그런 걸 다 집어 놓았어요? 훌륭한 책이 될 수 있는 것을 한갓 보도물로 만들어 버렸잖아요." 옳은 지적이었다. 나는 그렇게밖에 쓸 수 없었다. 나는 우연히 영국에서 극소수만 알 수 있는 내용, 즉 아무 잘못도 없는 사람들이 억울한 혐의를 받는다는 사실을 우연히 접했다. 내가 그 사실에 분개하지 않았더라면 나는 결코 그 책을 쓸 생각조차 하지 않았을 것이다.

이런 문제는 어떤 식으로든 다시 제기된다. 언어가 주는 문제는 한층 미묘하기에 이를 논의하려면 꽤 많은 시간이 필요하다. 최근에는 생생하게 쓰기보다는 정확하게 쓰려고 노력하고 있다는 점만 밝혀 두겠다. 어느 유형의 글을 쓰든 하나의 스타일이 완성될 때쯤이면 언제나 완성 단계 이상의 단계로 벗어나 있게 되는 것 같다. 『동물 농장』은 정치적 목적과 예술적 목적을 하나로 융합하려는 분명한 의도를 갖고 쓴 첫 작품이다. 지난 칠 년간 소설을 쓰지 않았지만 아주 빠른 시간 내에 소설 한 편을 출간하고 싶다. 분명히 실패작이 될 것이다. 사실 내가 쓴 모든 작품들은 하나같이 다 실패작이다. 그렇지만 나는 내가 어떤 작품을 쓰고 싶어 하는지를 매우 잘 알고 있다.

마지막 한두 쪽을 다시 읽어 보면 내가 글을 쓰는 동기가 전적으로 공공심에서 기인하는 것처럼 보이려고 한다는 것을 알게 된다. 나는 그것이 내 작품에 대한 최종 인상으로 남겨지길 원치 않는다. 모든 작가들은 허영심이 많고 이기적인 데다가 게으르다. 그들이 글을 쓰는 동기의 밑바닥에 무엇이 자리 잡고 있는지 알 수 없다. 책을 쓰는 일은 고통스러운 병과의 지루한 싸움처럼 끔찍하고 진 빠지는 일이다. 저항하거나 이해할 수도 없는 귀신에 홀리지 않는 한 절대 할 수 없는 작업이다. 그렇지만 그 귀신이 아기가 자기를 봐 달라고 울어 대는 것과 다를 바 없는 본능이라는 점을 우리는 안다. 하지만 개성을 지우려는 노력을 꾸준히 하지 않으면 읽을 만한 글을 쓸 수 없다는 것 또한 사실이다. 훌륭한 산문은 유리창과 같다. 내게는 네 가지 동기 중 어느 것이 더 강력한 동기인지 나는 확실히 알지 못한다. 하지만 어느 동기가 가장 따를 만한 가치가 있는지는 안다. 내가 쓴 작품들을 돌이켜봤을 때 내가 생명력이 부족하고, 화려한 묘사에만 집착하고, 의미 없는 문장만 나열하거나 장식적인 형용사나 실없는 소리만 남발한 글에는 언제나 어김없이 정치적 목적이 결여되어 있었다.

사회주의자는 행복할 수 있는가?

크리스마스를 생각할 때면 자동적으로 찰스 디킨스가 떠오른다. 두 가지 이유다. 첫째, 실제 디킨스는 작품 속에서 크리스마스를 다룬 몇 안 되는 영국 작가 중 한 명이다. 크리스마스는 영국인들이 제일 좋아하는 축제지만 놀랍게도 문학에서는 거의 다뤄지지 않았다. 캐럴 대부분은 중세 시대에서 유래한 것들이고, 시 작품도 로버트 브리지스와 T. S. 엘리엇, 그 밖의 시인 몇 명이 쓴 것이 전부고, 전체 편수를 합쳐 봤자 한 줌밖에 되지 않는다. 그다음으로는 디킨스가 유일하다. 이것 말고는 거의 없다. 둘째, 디킨스는 행복을 설득력 있게 묘사할 재능이 있는 현대 작가들 중에서도 탁월하며, 실제로는 거의 유일한 작가라고 할 수 있다.

디킨스는 「픽윅 페이퍼스」의 한 챕터와 「크리스마스 캐럴」에서 크리스마스를 성공적으로 다뤘다. 레닌 부인의 전언에 따르면 죽음을 앞둔 레닌에게 「크리스마스 캐럴」을 읽어 줬는데 레닌은 그 작품에 담긴 부르주아적 감성을 도저히 참을 수 없어 했다고 한다. 일견 레닌의 판단이 맞을 수도 있다.

하지만 레닌이 그 당시 좀 더 건강했더라면 그 작품 속에 흥미로운 사회학적 함의가 존재한다는 사실을 알아챘을 것이다. 우선 디킨스가 아무리 두껍게 색깔을 입혀 놓았다 하더라도, 그리고 타이니 팀의 파토스가 아무리 역겨웠어도, 크래칫 가족은 즐겁게 잘 살고 있다는 인상을 준다. 예컨대 윌리엄 모리스의 『유토피아에서 온 소식』에 등장하는 시민들은 행복해 보이지 않지만 크래칫 가족은 행복하게 보인다. 여기에 더해 크래칫 가족의 행복은 주로 대비에서 나오는데 이 점을 이해한다는 것이 디킨스 힘의 비결 하나다. 이 경우 먹을 것이 충분하기 때문에 그들은 기분이 좋은 것이다. 문 앞에 와 있는 늑대는 꼬리를 살랑살랑 흔들며 서성대고 있다. 전당포와 땀범벅인 고된 노동과 대비되는 크리스마스 푸딩에서는 뜨거운 김이 나와 방안을 떠다니고, 이중적인 의미를 갖는 스크루지의 망령은 저녁 식탁 옆에 서 있다. 밥 크래칫은 스크루지의 건강을 비는 건배를 원하기까지 하지만 크래칫 부인은 당연히 거부한다. 크래칫 가족이 크리스마스를 즐길 수 있는 것은 크리스마스가 일 년에 오직 한 번뿐이기 때문이다. 그들의 행복은 크리스마스가 단지 일 년에 한 번밖에 없는 날이기에 수긍이 된다. 그리고 불완전한 것으로 묘사되기에, 그들의 행복은 설득력을 지닌다.

한편 영원한 행복을 묘사하려는 시도는 유사 이래로 모두 실패로 끝났다. 유토피아(그런데 유토피아라는 신조어는 '좋은 곳'을 뜻하는 것이 아니고 '존재하지 않는 곳'을 뜻한다.)는 과거 300~400년 동안 문학에서는 흔히 다루어져 왔지만 바람직한 유토피아를 다룬 작품들은 하나같이 매력적이지 않을 뿐만 아니라 대개 생명력도 부족하다.

현대의 유토피아 중 H. G. 웰스가 묘사하는 유토피아가 지금까지는 가장 유명하다. 웰스가 바라본 미래의 모습은 웰스의 초기 작품 전반부에 함축적으로 묘사돼 있고 『예상』과 『현대의 유토피아』에도 부분적으로 제시되지만, 20세기 초에 출간된 『꿈』과 『신을 닮은 사람들』에 가장 완벽하게 묘사돼 있다. 웰스가 보고 싶어 하는, 혹은 보고 싶다고 생각하는 세상이 이 두 권에 그려져 있다. 그런 세상의 기조는 계몽적 쾌락주의와 과학적 호기심이다. 현재 우리에게 고통을 주는 모든 악과 비참함이 사라져 버린 세상이다. 무지, 전쟁, 빈곤, 불결, 질병, 좌절, 기아, 공포, 과로, 미신이 모두 사라져 버린 세상이다. 유토피아가 이런 식으로 그려져 있으니 그런 세상이 우리 모두가 바라는 세상이라는 점을 부정하기는 힘들다. 우리 역시 웰스가 없애고 싶어 하는 것들을 없애고 싶어 한다. 그렇지만 정말로 웰스가 그리는 유토피아에서 살고 싶어 하는 사람들이 있을까? 오히려 그와 정반대로, 그와 같은 세상에서 살지 않는 것, 노골적으로 가르치려 드는 선생들로 들끓는 깔끔한 전원주택에서 아침을 맞이하지 않는 것, 실제 이런 것들이 의식적인 정치적 동기가 됐다. 『멋진 신세계』 같은 작품은 마음만 먹으면 얼마든지 만들어 낼 수 있는 합리화된 쾌락주의 사회에 대해 현대인이 갖는 실질적 공포를 묘사한다. 최근에 가톨릭 작가 한 분이 말한 적이 있다. 유토피아는 이제 기술적으로는 실현 가능해졌기 때문에 유토피아가 오지 않도록 하는 것이 오히려 더 어려운 문제가 돼 버렸다. 파시스트 운동이 목전에서 벌어지는 현실에서 우리는 이 작가의 말을 한낱 쓸데없는 걱정이라고 치부해 버릴 수는 없다. 파시스트 운동이 시작된 요인 하나가 과도하게 합리적이고 과도하게 안락한 세상을 피하려는 욕망이기 때문이다.

바람직한 유토피아들은 모두 다 완벽을 전제로 하지만 행복은 제시하지 못하는 것 같다. 『유토피아에서 온 소식』은 웰스식 유토피아를 거의 그대로 따라 한 작품이다. 모든 사람들은 친절하고 합리적이고 실내 장식용품은 죄다 리버티 백화점에서 사 온 것들이지만, 이면에는 희미한 슬픔 같은 감정이 인상으로 남는다. 최근 사무엘 경이 이런 방향성을 갖고 시도한 『미지의 나라』는 훨씬 음울하다. 벤살렘(이 이름은 프랜시스 베이컨에게서 빌려왔다.) 주민은 삶을 가능한 한 야단법석을 떨지 않고 통과해야 할 악에 지나지 않는다고 보는 인상을 준다. 그들의 지혜가 그들에게 가져다준 것 이라고 해 봤자 영원한 무기력뿐이다. 그러나 영국 문학사상 상상력이 가장 풍부한 작가로 평가받는 조너선 스위프트조차 바람직한 유토피아를 건설하는 데 타 작가들보다 큰 성공을 거두지는 못했다는 점은 무척 인상적이다.

『걸리버 여행기』의 앞부분은 아마도 지금까지 출간된 모든 작품 중에서 인간 사회를 가장 통렬하게 공격한다고 할 수 있다. 모든 단어는 오늘날 상황과 딱 들어맞고 곳곳에서 우리 시대의 정치적 공포를 무척이나 상세하게 예언하고 있다. 하지만 스위프트는 자신이 흠모하는 종족을 묘사하는 대목에서는 실패한다. 이 작품 마지막 부분에는 역겨운 야후족과 대비되는 고상한 휘넘족이 나오는데, 이 종족은 인간이 지닌 결점을 갖고 있지 않는 지성적인 말 종족이다. 하지만 이 말들은 고상한 품성과 기대에 어긋나지 않는 상식을 소유하고 있음에도 무척이나 음울한 존재들이다. 다른 유토피아의 주민들과 마찬가지로 그들의 주된 관심사는 난리법석을 피하는 것이다. 말들은 다툼, 무질서나 모든 종류의 혼돈이나 위험은 물론이고 육체적 사랑과 같은 열정도 없이 별일 없는 듯 아주 차분하게 합리적 삶을 살아간다. 말들은 우생학 원리에 따라 짝을 고르며, 과도한 애정을 멀리하고 살다가 때가 되면 어느 정도 기뻐하며 죽음을 맞는 듯 보인다. 이 작품 초반부에서 스위프트는 인간의 어리석음과 무뢰한 같은 삶이 인간들을 어디로 끌고 가는지를 보여 준다. 그러나 어리석음과 무뢰한 같은 삶을 없애고 나니 살 만한 가치가 거의 없는 미적지근한 존재만 남는다. 확실하게 다른 세상에서나 맛볼 행복을 그리려는 시도는 성공한 적이 없었다. 천국을 그리려는 시도도 유토피아를 그리려는 시도처럼 크게 실패했다. 반면 지옥은 문학에서 꽤 괜찮은 자리를 차지하며 종종 아주 세밀하고 설득력 있게 묘사되어 왔다.

기독교의 천국은 대개 어느 누구도 매력을 느끼지 않을 곳으로 그려진다. 천국을 다루는 거의 모든 기독교 작가들은 천국은 묘사할 수 없는 곳이라고 솔직히 털어놓거나 금, 보석, 끊임없이 울려 퍼지는 찬송가 등으로 구성되는 막연한 모습만 떠올릴 뿐이다. 사실 세계 걸작 시 몇 편은 이런 모습에서 영감을 받았다고 할 수 있다.

그대의 벽은 옥수로 만들었고,
그대의 보루는 사각형 다이아몬드,
그대의 문은 동양에서 온 진짜 진주
귀중하고도 희귀한 것들로 넘치네!

아니면,

신성하도다, 신성하도다, 신성하도다, 모든 성인들이 그대를 흠모하네,
그들의 황금 왕관을 유리 같은 바다 여기저기에 던지네,
케루빔과 세라핌이 그대 앞에 쓰러지네,
과거에도 그랬고, 현재에도 그렇고, 앞으로도 그럴지니.

하지만 위 시들은 보통 인간이 적극적으로 원하는 장소나 조건을 묘사하지 못하고 있다. 수많은 부흥 목사들, 수많은 예수회 사제들(제임스 조이스의 『젊은 예술가의 초상』에 나오는 그 엄청난 설교를 보라.)은 지옥을 그림처럼 생생하게 묘사하여 신도들을 경악시켰다. 하지만 천국을 묘사할 때면 곧바로 황홀과 더없는 기쁨과 같은 단어에만 의존할 뿐, 그 단어가 어떤 내용을 담는지 설명하려는 노력은 거의 보이지 않는다. 이런 주제로 쓴 글 중 가장 중요한 글이 테르툴리아누스가 쓴 그 유명한 글일 텐데, 이 글에서 테르툴리아누스는 천국에서 누릴 수 있는 것 중 주된 기쁨은 저주받은 사람들이 고문을 받는 모습을 지켜보는 것이라고 설명했다.

여러 이교도들의 낙원도 별반 다르지 않다. 사람들은 낙원이 늘 황혼녘 같다는 느낌을 갖고 있다. 신주를 마시고 신찬을 먹는 신들이 살고, 요정들과 D. H. 로렌스가 "불멸의 매춘부"라 불렀던 여신들이 있는 올림포스는 기독교의 천국보다 좀 더 편안한 곳일 수 있지만 그렇더라도 그곳에 오랫동안 머물고 싶지는 않을 것이다. 이슬람교 낙원에는 남자 한 명이 일흔일곱 명 미녀와 같이 사는데, 이 일흔일곱 미녀들은 관심을 끌기 위해 저마다 아우성을 칠지 모르고 이것은 그야말로 악몽이다. 심령주의자들이 "모든 것은 빛나고 아름답다."라고

끊임없이 호언하지만, 그들도 역시 생각을 할 줄 아는 사람이라면 그곳을 매력적일 뿐만 아니라 견딜 만한 곳이라고 여기게 할 만한 다음 세계의 활동을 한 가지도 묘사하지 못한다.

유토피아도 아니고, 그렇다고 다른 세상도 아닌, 그저 감각적으로 완벽한 행복을 묘사하려는 시도도 마찬가지다. 이런 묘사들은 늘 공허 아니면 상스러운 인상을 주거나, 아니면 이 두 가지 인상 모두 준다. 『성처녀』 첫 부분에서 볼테르는 샤를 9세가 정부 아네스 소렐과 함께 사는 모습을 묘사하고 있다. 볼테르는 그들이 "늘 행복했다."라고 썼다. 그렇다면 그들을 행복하게 만든 것은 무엇이었을까? 그들은 분명 끝없이 배불리 먹고, 마시고, 사냥하고, 섹스하면서 행복을 느꼈을 것이다. 그런 생활을 몇 주 하고 난 후에도 지겨워하지 않을 사람이 있겠는가? 라블레는 현세에서 힘들게 산 것을 위로해 주기 위해 다음 세상에서 즐거운 시간을 보내는 복 받은 영혼들을 묘사했다. 그들은 노래를 부르는데 그 노래를 옮겨 보면 대략 다음과 같다. "뛰어오르고, 춤추고, 장난치고, 백포도주와 적포도주를 마시고, 금화를 세는 것 말고는 종일 하는 일 없네." 이 얼마나 지루한 삶인가! 영원이 지속되는 좋은 시간이라는 관념 전체가 주는 공허함은 브뤼헐의 그림 「게으른 식도락가의 나라」에서도 찾아볼 수 있다. 이 그림에는 뚱뚱한 세 남자의 거대한 몸뚱이가 머리를 맞댄 채 누워 자며 삶은 달걀과 구운 돼지 다리는 자발적으로 먹히기를 기다린다.

무엇인가와 대비하지 않으면 인간은 행복을 묘사하거나 떠올리지 못하는 것 같다. 천국이나 유토피아의 개념이 시대마다 다른 것은 바로 이런 이유에서다. 산업화 이전 사회에서 천국은 끝없는 안식의 장소로, 그리고 금으로 덮인 곳으로 그려졌다. 당시 보통 사람들의 일상적인 경험은 과로와 빈곤뿐이었기 때문이다. 이슬람교 낙원의 미녀들 대부분은 부자들의 하렘으로 사라져 버리는 일부다처제 사회가 반영된 것이다. 그러나 영원한 행복을 이런 식으로 묘사하는 시도는 실패의 연속이었다. 행복이 영원해지자마자(영원은 무한한 시간으로 여겨진다.) 대비는 작동을 멈추기 때문이다. 우리 문학에 깊숙이 박혀 있는 몇몇 관습들은 지금은 존재하지 않는 물질적 조건으로부터 생겨났다. 봄을 숭배하는 의식이 좋은 예다. 중세 시대에 봄은 원래 제비와 들꽃을 뜻하는 것이 아니고 몇 달 동안을 연기가 자욱한 창문 없는 오두막에서 염장한 돼지고기만 먹고 살다가 초록 채소, 우유, 신선한 고기를 먹게 됐음을 뜻했다. 봄을 예찬하는 노래는 흥겨웠다.

> 오로지 먹고 마실 뿐, 아무것도 하지 말라,
> 즐거운 계절을 주신 하늘에 감사하라
> 고기는 값싸고 여인들은 사랑스러운 이 계절,
> 기운 넘치는 남정네들 이곳저곳을 돌아다니고
> 매우 즐겁게
> 매우 즐겁게 함께 어울리는 이 계절!

흥겨워할 이유가 있기 때문에 즐거운 것이었다. 겨울이 끝났다는 것은 대단한 일이었다. 기독교 이전 시대 크리스마스가 축제가 되기 시작한 것도 아마도 견디기 힘든 북풍한설의 계절에도 가끔은 한바탕 배불리 먹고 마시는 기회가 있어야 했기 때문이리라.

인류가 노고로부터든 고통으로부터든 무엇인가로부터

벗어나는 형식 말고는 행복을 상상할 수 없음을 아는 사회주의자들은 이 문제를 심각하게 받아들인다. 디킨스는 가난으로 찌든 가족이 구운 거위고기를 게걸스럽게 먹는 모습을 묘사해서 그들이 행복하게 보이도록 할 수 있었다. 하지만 완벽한 세상에 사는 사람들에게는 자연스레 생겨나는 흥겨움은 없는 듯하고, 대개는 역겹기까지 하다. 하지만 우리는 디킨스가 그리는 그런 세상을 목표로 하는 것은 분명 아니다. 더군다나 그가 상상할 수 있는 세상을 목표로 하지도 않는다. 사회주의자들의 목표는 결국 친절한 노신사들이 칠면조 고기를 나눠 주기 때문에 모든 것들이 제대로 돌아가는 그런 사회가 아니다. 자선이 필요 없는 사회가 아니라면 도대체 우리가 목표로 하는 사회는 어떤 사회란 말인가? 우리는 배당금을 받는 스크루지도 다리가 결핵에 걸린 타이니 팀도 생각을 할 수 없는 그런 세상을 원한다. 그렇다면 우리는 고통도 없고 노력도 필요 없는 유토피아 같은 세상을 목표로 하고 있다는 말인가?

나는《트리뷴》의 편집자들이 내 주장을 인정하지 않을 위험을 감수하면서까지 사회주의의 진짜 목표는 행복이 아니라고 말하고자 한다. 이제껏 행복은 부산물이었고 우리가 아는 한 늘 그럴지 모른다. 사회주의의 진짜 목표는 인류애다. 대체로 이런 말은 사람들의 입에 오르내리지 않아 왔고 설령 그렇더라도 큰 소리로 오르내리지는 않지만, 많은 사람들은 이를 중요한 문제라고 느끼고 있다. 사람들이 지난한 정치 투쟁으로 삶을 소진하거나 내전에서 죽임을 당하고, 아니면 게슈타포의 비밀 감옥에서 고문당하는 것은 중앙난방 장치, 냉방 시설, 기다란 형광등 조명을 갖춘 낙원을 세우기 위해서가 아니라 인류가 서로 사기를 치거나 죽이는 세상이 아니라 서로 사랑하는 세상을 추구하기 때문이다. 그래서 사람들은 첫 단계로 그런 세상을 원한다. 그다음 단계는 어떤 것일지 확신을 할 수 없다. 그리고 그곳을 세세하게 예측하려 하다 보면 오히려 문제에 혼선만 가중될 뿐이다.

사회주의 사상은 예측을 하지만 어디까지나 넓은 관점에서 할 뿐이다. 희미하게만 보이는 대상을 목표로 삼아야 할 때도 종종 있는 법이다. 예를 들어 지금 이 순간 세상은 전쟁 중이고 평화를 갈망한다. 하지만 세상은 평화를 누려 본 경험이 없는 데다가 고귀한 야만인이 존재하지 않는 한 그런 경험을 해 본 적이 없다. 세상은 존재할 수 있었겠다 어렴풋이 인식하고는 있지만 정확하게 정의할 수 없는 뭔가를 원하고 있다. 올 크리스마스에 수천 명이 러시아의 눈밭에서 피 흘리며 죽어 갈 것이고, 차가운 얼음물에 빠져 죽고, 태평양 습지대 섬에서 수류탄을 터뜨려 서로를 갈기갈기 찢어 죽일 것이다. 집 잃은 아이들은 먹을 것을 찾아 폐허가 된 독일 도시를 헤집고 다닐 것이다. 이런 일이 일어나지 않도록 하는 것은 훌륭한 목표다. 하지만 평화로운 세상이 어떤 모습이리라고 구체적으로 말하는 것은 별개 문제이며 그런 시도를 하다 보면 결국 이전에 제럴드 허드가 그토록 열정적으로 제시한 공포로 이어지게 된다.

유토피아를 창조한 사람들 거의 모두는 행복을 그저 치통에서 벗어나는 것으로 생각하는 치통 환자와 유사하다. 그들은 일시적이기 때문에 소중했던 뭔가를 영속화해서 완벽한 사회를 만들고 싶어 했다. 하지만 그것은 틀렸다. 인류에게는 추구해야 할 노선이 있고, 거대한 전략은 이미 나와 있지만 전략의 세세한 사항을 예언하는 것은 우리가 관여할 바가 아니라고 말하는 것이 더 현명할 것이다. 완벽한 상태를 상상하려고 애쓰는 사람은 누구든지 자기의 내면이 텅 비어 있음을 드러낼 뿐이다. 스위프트 같은 위대한 작가도 마찬가지였다. 스위프트는 주교나 정치인을 아주 깔끔하게 꾸짖을 수는 있었지만 초인을 창조하려 했을 땐, 비록 스위프트에게는 이럴 의도가 없었겠지만, 역겨운 야후족이 계몽된 휘넘족보다 발전 가능성이 훨씬 더 크다는 인상을 주었을 뿐이다.

작가와 리바이어던

국가 통제 시대에 작가의 입지는 어느 정도일까 하는 것은 관련 증거들이 많이 있지는 않지만 이미 꽤 많이 논의되어 온 주제다. 나는 국가가 예술을 후원하는 것에 대한 찬반 의견을 개진할 의향은 없고, 다만 어떤 종류의 국가가 우리를 통치하느냐는 지배적인 지적 분위기에 어느 정도 달려 있다는 점을 지적하고자 한다. 즉 어느 정도는 작가와 예술가 자신들의 태도에, 그리고 그들이 흔쾌히 자유주의 정신의 명맥을 유지하려 할지 아닐지에 달려 있다는 점을 지적하려는 것이다. 십 년이라는 세월이 흐른 뒤에도 우리가 즈다노프 같은 사람 앞에서 굽실거린다면 그것은 아마도 그럴 만하기 때문일 것이다. 이미 영국 문학 지식인들 내에서도 전체주의로 기우는 강력한 경향이 선명하다. 그러나 이 글에서 나는 공산주의 같은 조직화되고 의식화된 운동이 아니라, 정치적 사고가 선의를 품은 사람들에게 끼치는 영향과 정치적으로 어느 한편에 서야 하는 필요성에 관심을 두려 한다.

지금은 정치적인 시대다. 우리는 전쟁, 파시즘, 강제 수

용소, 경찰봉, 핵폭탄 등등을 매일 생각한다. 그 결과 이것들을 공개적으로는 거론하지 않더라도 상당 부분 우리가 쓴 글의 주제가 됐다. 어쩔 수 없는 일이다. 침몰하는 배를 타고 있을 때 우리는 침몰 중인 배만 생각한다. 그런데 우리의 주제는 이미 곤궁해졌고 문학에 대한 전반적인 태도 역시 우리가 적어도 종종 문학과 관련 없는 것으로 인식하는 충성심으로 물들어 있다. 나는 시절이 아주 좋을 때에도 문학 비평은 사기라는 느낌을 받을 때가 있다. 왜냐하면 이런 책은 좋고 이런 책은 나쁘다는 평가를 의미 있는 진술로 만들어 주는 합의된 기준, 즉 외부적인 참조 대상이 존재할 수 없는 한, 문학 작품에 관한 모든 평가는 본능적으로 선호하는 것들을 정당화하는 규칙들을 꾸며 내는 일에 불과하기 때문이다. 책에 대한 진정한 반응은 대개 먼저 "이 책이 맘에 들어."나 "이 책이 맘에 안 들어."를 표명한 다음 자신이 내린 평가를 합리화하는 것이다. 하지만 나는 "이 책이 맘에 들어."는 비문학적 반응이라고 생각하지 않는다. "이 책은 내 편이니까 장점을 찾아야만 해."가 오히려 비문학적 반응이다. 물론 정치적인 이유로 책을 칭찬할 때에는 격하게 동의를 한다는 의미에서 감정적으로 진실해질 수 있겠지만 당파적 연대감으로 뻔한 거짓말을 해야 하는 경우도 있다. 정치적인 글을 게재하는 정기 간행물에 서평을 써 본 사람이라면 잘 알 것이다. 일반적으로 자신과 생각이 일치하는 간행물에 글을 쓸 때에는 헌신으로 죄를 짓고, 생각이 다른 간행물에 글을 쓸 때는 태만으로 죄를 짓는다. 어느 경우든 찬반을 표명하는 셀 수 없이 많은 논쟁적인 책들 — 소비에트 러시아, 시오니즘, 가톨릭교회에 대한 찬반을 표명하는 책들 — 은 읽기도 전에 평가를 해 버리고, 실제로는 글을 쓰기도 전에 평가가 끝나 버린다. 우리는 그런 책들이 어떤 간행물에서 어떤 대접을 받을지를 미리 알 수 있다. 그러면서도 때로는 거짓말을 하고 있다는 것을 반의반만큼도 의식하지 못한 채 진정한 문학 기준을 적용하는 척을 한다.

물론 정치가 문학을 침범하는 일은 일어날 수밖에 없다. 전체주의라는 특수한 상황에 처하지 않더라도 그런 일은 분명히 일어났을 것이다. 왜냐하면 우리는 우리의 조부모들은 느끼지 않았던 양심의 가책 같은 것을, 세상에 존재하는 엄청난 불의와 비참함에 대한 인식을, 그래서 그것에 관해 무엇인가를 해야만 한다는 죄책감을 키워 왔기에 순수한 미적 태도로 삶을 대할 수 없다. 지금은 누구도 조이스나 헨리 제임스처럼 한결같이 문학에만 전념할 수 없게 됐다. 그러나 불행히도 이제는 정치적 책임을 인정한다는 것이 정통성과 당의 노선에 굴복하면서 온갖 소심함과 비정직성을 갖게 된다는 것을 의미하게 됐다. 빅토리아 시대의 작가들과 비교했을 때, 우리는 정치 이데올로기들이 선명히 구분되며, 한번 보는 것만으로도 어떤 사상이 이단인지를 대충 알 수 있는 시대에 살고 있다. 현대 문학 지식인은 늘 두려움 속에서 살고 글을 쓴다. 여기서 두려움은 넓은 의미에서의 일반적인 여론에 대한 것이 아니라 자신이 속한 집단 내 여론에 대한 두려움이다. 다행스럽게도 대개 두 개 이상의 집단이 존재하고, 어느 때든 지배적인 정통성이 존재하기 마련이다. 따라서 이 정통성을 거스르려면 뻔뻔스러움이 필요하고 때로는 한동안 수입이 반으로 줄어드는 삶을 감수해야만 한다. 분명한 것은 지난 십오 년여 동안 지배적인 정통성은 특히 젊은이들 사이에서는 좌파였다. 진보적이니 민주적이니 혁명적이니 같은 단어가 핵심 단어였고, 부르주아, 반동적, 파시스트 같은 딱지가 자신에게 붙는 일만은 어떤 대가를 치르더라도 피해야 한다. 최근에는 거의 모든 사람들이, 심지어는 가톨릭 신자와 보수주의자들도 진보적으로, 아니면 적어도 그렇게 여겨지기를 바란다. 내가 아는 한 스스로를 부르주아로 생각하는 사람은 아무도 없다. 이는 마치 반유대주의라는 단어를 들어는 봤을 것 같은 식자층 사람들 중 스스로 반유대주의자임을 인정하는 사람이 전혀 없는 것과 똑같은 이치다. 우리는 모두 다 훌륭한 민주주의자이자, 반파시스트, 반제국주의자이고, 계급 차별을 경멸하는 자들이고, 피부색에 따른 인종적 편견에 영향을 받지 않는 자 등등이다. 더구나 오늘날의 좌파 정통성은 《크라이티어리언》과 (이것보다 수준이 낮은) 《런던 머큐리》가 유력한 문학 잡지였던 이십 년 전에 유행했던 다소 속물적이고, 경건한 체하는 보수주의 정통성보다 훨씬 낫다는 주장에 의문을 제기하는 이는 한 명도 없다. 왜냐하면 적어도 좌파가 암묵적으로 지향하는 목표는 대다수 사람들이 실제로 원하는, 실현 가능한 사회를 구성하는 것이기 때문이다. 그러나 좌파 정통성에도 나름의 허위가 존재함에도 이를 인정하지 못하는 탓에 몇몇 특정 문제들을 심각하게 논의하는 것 자체가 불가능해진다.

과학적인 좌익 이데올로기든, 유토피아적 좌익 이데올로기든, 모든 좌익 이데올로기는 당장 권력을 잡을 가능성이 없는 사람들이 발전시킨 것이다. 그렇기에 좌익 이데올로기는 왕, 정부, 법, 감옥, 경찰력, 군대, 국가, 국경, 애국심, 종교, 관습 도덕, 그리고 사실상 전 세상의 모든 기존 체제를 철저히 경멸하는 극단적 이데올로기다. 모든 나라의 좌파 세력이 난공불락과 같던 압제와 맞서 싸웠던 기억이 살아 있는 사람들의 뇌리 속에 여전히 남아 있으며 그 특정 압제, 즉 자본주의를 전복시킬 수만 있다면 사회주의의 세상을 곧 맞이할 수 있으리라고 쉽게 가정했다. 더구나 좌파는 자유주의로부터 분명 의문의 여지가 있는 특정 믿음, 예를 들면 진실이 승리할 것이며 탄압은 스스로 패퇴하리라, 혹은 인간은 선천적으로 선하며 단지 외부 환경 때문에 타락한다 등의 믿음을 물려받았다. 이런 완벽주의적 이데올로기는 우리들 거의 모두의 내면에 여전히 자리 잡고 있으며 가령 노동당 정권이 국왕의 딸들에게 막대한 수입을 안겨 주는 법안에 찬성표를 던지거나, 철강 산업 국유화를 망설일 때 이와 같은 완벽주의 이데올로기의 이름으로 이에 맞서 저항하는 것이다. 그러나 계속해서 현실과 충돌해 온 결과 차마 인정하지 못하는 일련의 모순들을 마음속에 쌓아 두고 있다.

첫 번째 대규모 충돌은 러시아 혁명이었다. 다소 복잡한 이유로 영국의 좌파 거의 모두는 러시아 정권의 정신과 정책이 이 나라에서 의미하는 사회주의와 상당히 다르다는 것을 알면서도 러시아 정권을 사회주의 정권으로 인정할 수밖에 없는 상황으로 내몰렸다. 그 결과 민주주의라는 말에는 서로 양립할 수 없는 두 가지 의미가 있을 수 있다거나 강제수용소나 집단 추방과 같은 사건들을 옳기도 하고 동시에 잘못으로 생각하는 일종의 정신 분열증적 사고방식이 생겨났다. 좌익 이데올로기에 가해진 두 번째 타격은 파시즘의 등장이었다. 파시즘은 좌파가 추구하는 평화주의와 국제주의를 흔들어 댔지만 좌파는 자신들의 이념을 명확하게 재천명하지 않았다. 독일의 지배를 겪은 후 유럽인들은 피식민지인들은 이미 오래전부터 알고 있었던 것, 즉 계급 간 적대가 그토록 중요한 것은 아니며 국가의 이익 같은 것도 존재한다는 사실을 깨닫게 됐다. 히틀러 이후 "적은 자기 나라 내부에 있고" 국가의 독립은 중요하지 않다는 주장을 진지하게 하기 어렵게 됐다. 하지만 우리 모두 이를 알고 있고, 필요하다면 행동을 하기도 하지만 이를 큰 소리로 주장하는 것을 반역이라고 여전히 느끼고 있다. 마지막으로 가장 큰 난관은 이제 좌파가 권력을 잡고 있기 때문에 기꺼이 책무를 감당해야 하고 진실한 결정을 내려야 한다는 사실이다.

좌파 정부들은 거의 예외 없이 지지자들을 실망시킨다. 자신들이 공약했던 번영을 이루게 됐을 때에도 불편한 이행 기간이 늘 있을 수밖에 없다. 하지만 이 이행 기간에 대해서 사전에 아무도 말해 주지 않았다. 바로 이 순간 우리는 절망적인 경제 위기 속에서 결과적으로 과거에 펼쳤던 선동에 맞서 싸우는 정부를 보고 있다. 지금 우리가 처한 위기는 지진처럼 갑자기 닥친 재앙이 아니다. 전쟁 때문에 생긴 것도 아니고 그저 전쟁 때문에 앞당겨진 것일 뿐이다. 수십 년 전부터 이런 종류의 위기가 닥칠 것이라고 예견됐다. 일정 부분 해외 투자로 벌어들이는 이윤, 식민지라는 확실한 시장과 거기서 들여오는 값싼 원자재에 의존해 온 우리나라의 국민 소득은 19세기부터 극도로 위태로워졌다. 조만간 안 좋은 일이 터져 수출과 수입의 균형을 맞춰야만 할 수밖에 없게 될 것이 확실하다. 그렇게 되면 노동자 계급을 포함한 전 영국인의 생활수준은 적어도 일시적으로 떨어질 것이 분명하다. 그런데도 좌익 정당들은 반제국주의를 큰 소리로 외칠 때조차 이런 사실을 명확하게 알리지 않았다. 좌익 정당들은 오늘날 영국 노동자들이 아시아와 아프리카를 수탈해서 어느 정도 혜택을 보고 있다는 사실을 가끔 인정했으나, 수탈을 중단해도 우리 경제가 어떻게든 계속 번창할 수 있는 것처럼 보이려고 했다. 크게 보면 노동자들은 자신들이 착취당한다는 말에 사회주의에 끌리게 된 것은 사실이지만 세계적 관점에서 보면 영국 노동자들은 착취당하는 사람들이 아니라 착취하는 사람들이라는 잔인한 진실이 존재한다. 아무리 봐도 노동 계급의 생활수준이 향상된 것은 말할 것도 없고, 현 수준도 유지할 수 없는 지점에 다다랐다. 부를 쥐어짠다고 해도 대다수 사람들은 소비를 줄이든지 생산을 늘려야 한다. 그게 아니라면 내가 지금 우리가 처한 난관을 과장하는 것인가? 그럴지 모른다. 오히려 내가 잘못 생각하고 있는 것이라면 좋겠다. 내가 말하고자 하는 요점은 좌파 이데올로기를 신봉하는 사람들 사이에서 이 문제가 진지하게 논의되고 있지 않다는 것이다. 임금을 낮추고 노동 시간을 늘리는 것이 본질적으로 반사회주의 대책일 수밖에 없으므로 경제 상황이 어떻든지 그런 대책은 처음부터 제외될 수밖에 없다. 그런 대책이 불가피하다고 주장하는 것은 단순히 우리 모두가 공포에 떠는 딱지를 붙이는 위험을 감수하는 일이다. 문제는 회피한 채 기존의 국민 소득을 재분배해서 모든 것들을 바로잡을 수 있는 척하는 것이 훨씬 안전하다.

정통성을 받아들이는 것은 언제나 해결되지 않은 모순을 물려받는 일이다. 가령 예민한 사람이라면 누구나 산업주의와 산업주의의 산물에 반감을 가지면서도 가난을 극복하고 노동 계급을 해방시키기 위해서는 산업화가 덜 필요하다기보다는 오히려 점점 더 많이 필요하다는 점을 인식하고 있다는 사실을 예로 들어 보자. 아니면 어떤 일들은 절대적으로 필요하지만 다소 강제하지 않으면 결코 수행되지 않는다는 사실을 예로 들 수도 있다. 강력한 군사력 없이는 적극적인 외교 정책을 펼치는 것이 불가능하다는 사실도 예가 될 수 있다. 제시할 수 있는 예들은 이것들 말고도 수없이 많다. 경우가 어떻든 결론은 완벽하게 뻔하지만 그 결론은 오직 공식 이데올로기에 개인적으로는 충성하지 않는 사람만이 이끌어 낼 수 있는 그런 식의 결론도 존재하기 마련이다. 정상적인 반응은 문제는 해결하지 않은 채 마음 한구석으로 밀어넣고 모순되는 구호만 반복하는 것이다. 굳이 서평과 잡지를 찾아보지 않아도 이런 사고가 어떤 결과를 초래하는지는 쉽게 알 수 있다.

물론 정신적으로 정직하지 않은 것이 사회주의자들과 좌파들 전반의 특수한 현상이라거나 그들 사이에 아주 흔하게 퍼져 있는 속성이라고 주장하는 것이 아니다. 단지 나는 어떤 특정 정치 이념을 받아들이게 되면 문학적 진실성이 훼손될 위험이 생긴다고 주장하는 것이다. 이는 보통 정치 투쟁의 영역 밖에 있다고 주장하는 평화주의와 개성주의 같은 운동에도 똑같이 적용된다. 사실 주의로 끝나는 단어는 그 단어만 들어도 선전의 냄새가 풍긴다. 집단에 대한 충성은 필요하지만 문학이 개인의 산물인 한, 문학에는 독이 된다. 집단에 대한 충성이 문학 창작에 영향을, 그것도 부정적인 영향을 끼치는 것이 허용되는 순간 창의성은 왜곡되고 사실상 고사한다.

그렇다면 어떻게 해야 하는가? "정치와 거리를 두는 것이" 모든 작가들의 의무라고 결론을 내릴 수밖에 없는 것일까? 결코 그렇지 않다. 내가 이미 앞에서 말했듯 오늘과 같은 시대를 사는 사람들 중 생각이 있는 사람이라면 정치와 거리를 둘 수도 없고 두어서도 안 된다. 나는 정치적 충성과 문학적 충성을 구분할 때 사용하는 지금의 방식보다 더 선명한 방식을 사용해야 한다고, 그리고 마음에는 안 들지만 반드시 해야 하는 필수적인 것들을 기꺼이 한다고 해서 대체적으로 그런 일에 따르는 신념까지 받아들여야 할 의무가 있는 것은 아니라는 점을 인정하자고 제안할 뿐이다. 작가가 정치에 참여할 때는 한 명의 시민, 한 명의 인간으로서 참여해야지 한 명의 작가로서 참여해서는 안 된다. 예민한 작가라는 이유로 보통 정치의 지저분한 현실을 회피할 권리가 작가에게 없다고 생각한다. 다른 모든 이들처럼 작가도 바람이 새는 강연장에서 강연을 하고, 길바닥에 분필로 무엇인가를 쓰고, 유권자들을 일일이 찾아다니며 선거 운동도 해 보고, 전단지를 나눠 줘 보기고 하고, 심지어 필요하다면 내전에라도 참전해 싸울 각오도 돼 있어야 한다. 자신이 속한 당을 위해서는 무슨 일을 하든 상관없지만, 자기 당을 위해서 글을 쓰는 것만큼은 절대 해서 안 된다. 자신의 글이 자신이 속한 당과는 별개라는 점을 분명히 해야 한다. 하고자 한다면 당의 공식 이데올로기를 철저히 거부하면서도 당에 협력할 수 있어야 한다. 일련의 사고 과정이 자신의 생각을 혹시 이단으로 이끌지 모를까 하는 걱정으로 포기해서도 안 되며, 다른 사람들이 자신의 비정통 사고를 감지하더라도, 결국 그렇게 되겠지만 개의치 말아야 한다. 이십 년 전에는 공산주의에 동조하지 않는 작가로 의심받는 것이 작가에게는 나쁜 신호였듯, 요즘에는 반동적인 성향이 있는 작가로 의심받지 않는다는 것이 작가에게는 나쁜 신호일 수 있다.

그렇다면 이 모든 것이 의미하는 바는 작가가 정치 우두머리들에게 휘둘리기를 거부하는 건 물론이고 정치에 관한 글을 쓰는 것도 삼가야 한다는 것인가? 다시 말하건대 결코 그렇지 않다. 작가가 정치에 관한 글을 쓰고자 할 때 가장 투박한 정치적 글을 써서는 안 될 이유는 없다. 다만 작가는 한 명의 개인으로서, 한 명의 국외자로서, 정규군의 측면에 위치하는 달갑지 않은 게릴라로서 정치에 관한 글을 써야 한다. 이런 태도는 보통의 정치적 효용성과도 상당한 정도 양립 가능하다. 가령 전쟁은 무조건 이겨야 한다는 생각으로 기꺼이 전쟁에 나가 싸우면서도 동시에 전쟁 선전 글을 쓰는 것을 거부하는 것은 지극히 합리적인 행동이다. 실제 정직한 작가라면 그의 글과 정치 행위는 상충될 때가 종종 있다. 명백히 이런 현상이 바람직하지 않은 경우도 꽤 많다. 이럴 때 해결책은 자신의 충동을 왜곡하는 것이 아니라 그저 침묵하는 것이다.

갈등의 시기를 살아가는 창작 작가라면 자신의 삶을 두 영역으로 분리해야만 한다는 주장은 패배주의적이거나 경솔한 짓처럼 비칠지 모르지만 이것 말고 실제 할 수 있는 일은 없다고 생각한다. 상아탑에 스스로를 가둬 둔다는 것은 가능한 일도 아니고 바람직한 일도 아니다. 작가가 주체적으로 당의 기구뿐만 아니라 집단의 이데올로기에 굴복하는 것은 작가라는 자아의 파괴를 부른다. 우리는 이 딜레마가 얼마나 고통스러운지 알고 있다. 왜냐하면 정치에 참여하지 않을 수 없다는 것을 알면서, 동시에 정치가 무척이나 지저분하고 품격을 낮추는 일이라는 것도 알기 때문이다. 게다가 우리 대부분은 모든 선택이 심지어 모든 정치적 선택조차 선과 악 사이에서의 선택일 수밖에 없고, 또한 필요한 것은 옳은 것이라는 오래 이어져 온 믿음에서 벗어나지 못하고 있다. 유아원의 아이들이나 믿을 이러한 믿음을 버려야 한다는 것이 내 생각이다. 정치에서는 두 악 중에서 그나마 덜 악한 것을 결정하는 것 이상을 할 수 없고, 악마나 미치광이처럼 행동해야만 간신히 벗어날 수 있는 상황들이 있다. 가령 전쟁이 필요할 수 있지만 전쟁은 분명 옳거나 온전한 것이 아니다. 정확하게 말하면 심지어 총선이라고 해서 딱히 유쾌하고 즐거운 행위나 교훈적인 광경을 보여 주지 않는다. 그런 일에 참여할 수밖에 없다면 — 노령, 우둔함 혹은 위선이라는 갑옷을 입지 않는 한 그럴 수밖에 없다고 생각하는데 — 자신의 일부분만은 침해받지 않도록 해야 한다. 대부분의 사람들에게는, 삶은 이미 분리됐기 때문에 그 문제가 동일한 형식으로 발생하지 않는다. 실제로 대다수 사람들은 여가 시간에만 진정으로 살아 있고 그들의 노동과 정치 행위는 정서적으로 연결되어 있지 않다. 더구나 대다수 사람들은 일반적으로 정치적 충성이라는 이름으로 스스로를 노동자로 비하하도록 요구받는 경우가 없다. 예술가는 특히 작가는 그런 요구를 받는다. — 사실 그것은 정치인들이 작가에게 요구하는 유일한 것이다. 작가가 그런 요구를 거부한다고 해도 작가 활동을 못 하게 되는 벌을 받는 것을 의미하지는 않는다. 작가의 절반은, 어떤 의미에서 그 절반이 작가의 전부일 수 있지만, 그 절반이 어느 누구 못지않게 결연하게 그리고 필요하다면 맹렬하게 활동할 수 있다. 그러나 작가의 글이 가치가 있는 한 그 글은 언제나 한층 온전한 자아의 산물이어야 할 것이다. 이 자아는 가까이에서 진행되는 일을 기록하고 그 일의 불가피성을 인정하면서도 속아서 그 일의 진정한 본성을 잘못 인식하기를 거부하는 자아인 것이다.

가난한 사람들은 어떻게 죽는가

1929년에 파리의 15구에 있는 ×병원에서 몇 주를 보낸 적이 있다. 창구 직원들은 평소대로 내게 고문과 같은 절차를 거치도록 했다. 그들은 입원을 허가하기까지 얼추 이십 분 동안 내게 수많은 질문을 했다. 라틴계 국가에서 서식을 작성해 본 경험이 있는 사람은 내가 말하는 질문이라는 게 어떤 건지 알 것이다. 병원에 오기 전까지 며칠 동안 나는 열씨로 잰 체온이 화씨로 몇 도가 되는지 몰랐지만 체온이 화씨 103도 정도였고, 면담이 끝날 때쯤에는 두 발로 서 있기가 조금 힘들었다. 내 뒤로는 체념한 듯 보이는 환자들 무리가 색이 들어간 손수건으로 싼 꾸러미를 들고 면담 차례를 기다리고 있었다.

질문 다음은 목욕이었다. 감옥이나 구빈원에서처럼 신입 환자들이라면 무조건 거쳐야 할 단계였다. 옷을 벗은 후, 깊이가 13센티미터 정도 되는 미지근한 물 속에서 몸을 덜덜 떨면서 몇 분을 앉아 있다가 나오자 리넨 환자복과 짧은 파란색 플란넬 가운이 주어졌다. 슬리퍼는 내 발에 맞는 큰 것이 없다면서 주지 않았다. 그다음 나를 건물 밖으로 데리고 나갔다. 때는 2월의 어느 밤이었고 나는 폐렴을 앓고 있었다. 200야드쯤 떨어진 병동으로 나를 데리고 갔는데 그곳으로 가려면 병원 정원을 통과해야만 하는 것 같았다. 내 앞에서 누군가가 랜턴을 들고 비틀대며 앞장서고 있었다. 자갈이 깔린 통로에는 서리가 내려앉았고 바람이 세게 불어 맨살 종아리를 덮고 있는 환자복이 펄럭였다. 병동 안으로 들어서니 묘하게 익숙한 느낌이 들었는데 그 이유를 밤늦게야 알게 됐다. 병동은 세로로 길었으며 천장은 좀 낮았고, 조명은 어두웠고, 웅얼거리는 소리가 가득했다. 병상은 세 줄로 놓여 있었는데 충격적이게도 병상 간의 간격은 붙어 있다시피 할 정도로 좁았다. 똥 냄새와 약간 달짝지근한 냄새가 섞인 악취가 진동했다. 누워서 보니 맞은편 병상에 등이 굽고 머리카락이 옅은 갈색인 남자가 거의 다 벗은 채로 앉아서 의사와 의대생으로부터 이상한 처치를 받고 있었다. 먼저 의사가 검은색 가방에서 와인 잔 같은 작은 잔 여러 개를 꺼내자 의대생 한 명이 그 잔들 속에 성냥불을 집어넣어 그 안의 공기를 다 태워 버렸다. 그다음 그 잔들을 이 남자 환자의 등과 가슴에 붙이니 진공 상태가 된 잔 속으로 큼직하고 누런 물집이 잡혔다. 얼마 지나지 않아 그 처치가 무엇인지 알게 됐다. 부항이라 부르는 옛 의학서에도 나오는 처치법이었는데 나는 그때까지만 해도 말한테나 하는 처치로만 알고 있었다.

찬 바깥 공기에 체온이 떨어졌다. 덕분에 나는 이런 야만적인 치료를 초연하게 심지어는 조금 재미있게 지켜볼 수 있었다. 하지만 그것도 잠시, 갑자기 의사와 의대생이 내 병상으로 와서는 나를 일으켜 세웠다. 그러고는 아무 설명도 해 주지 않고 다짜고짜 바로 조금 전에 사용했던 그 유리잔들을 소독도 하지 않고 내 몸에 붙이는 것이었다. 미약하게나마 저항을 해 봤지만 돌아온 반응은 짐승의 저항에 대한 반응보다도 못했다. 그 두 사람이 내게 보인 비인간적인 태도는 아직도 내 마음속에 각인돼 있다. 병원의 공중 병동에 입원한 것이 그때가 처음이었으며, 말 한마디도 하지 않고, 인간적인 의미에서 환자가 앞에 있다는 것도 신경 쓰지 않는 의사에게 치료를 받는 것도 그때가 처음이었다. 그들이 한 일은 그저 내 몸에 잔 여러 개를 붙이고 난 후 물집이 잡히면 물집을 터뜨리고는 다시 유리잔을 붙이는 것뿐이었다. 잔 하나하나에서 디저트용 숟갈 하나 분량의 검은 피가 나왔다. 이런 일을 당하고 나니 모욕감, 역겨움, 두려움이 엄습해 왔다. 이후 병상에 누워서 적어도 이제는 나를 가만 내버려 두겠거니 생각했다. 하지만 내 생각이 틀렸다. 처치 하나가 더 있었는데 겨자찜질 요법이었다. 온수 목욕처럼 신입 환자라면 반드시 거쳐야 하는 과정인 것 같았다. 칠칠맞게 보이는 간호사 두 명의 손에는 이미 찜질포가 들려 있었다. 그들은 내 가슴 위에 찜질포를 구속복처럼 단단히 붙들어 맸다. 그 사이 셔츠에 바지 차림으로 병동을 어슬렁거리던 몇 사람이 동정의 의도가 반쯤 포함된 미소를 지으며 내 병상으로 모여들었다. 겨자찜질을 받는 환자가 그 병동에서 가장 인기 있는 구경거리라는 사실을 나중에 알게 됐다. 이 처치는 십오 분 정도 걸리는데 처치를 받는 당사자가 아니라면 처치 받는 모습이 무척 재미있는 광경인 것은 분명했다. 처음 오 분 동안은 무척 아팠지만 참을 만하다고 생각했다. 다음 오 분 동안에는 이런 생각이 사라져 버렸다. 찜질포를 떼 버리지 못하도록 죔쇠로 채워 등에 고정한 이 모습을 구경꾼들이 가장 좋아했다. 마지막 오 분에는 마비 증상이 생겼다. 찜질이 끝난 후 그들은 얼음을 채운 방수 베개를 내 머리 밑으로 밀어넣고는 그대로 병동을 떠났다. 그날 밤에는 잠을 잘 수 없었다. 곰곰이 생각해 보니 내 삶에서 밤에 한 숨도, 아니 단 일 분도 잠을 자지 못했던 때가 그날 밤이(침대에서 보낸 밤 중에서) 유일하다.

×병원에 입원하고 나서 처음 몇 시간 동안 여러 가지 다양하고 모순된 일련의 처치를 받았는데 나는 이 점이 이해가 되지 않았다. 왜냐하면 환자가 앓고 있는 병이 의사들이 관심을 가질 만한 것이 아니거나 의학적 지식을 늘리는 데 도움이 될 만한 것이 아닌 한 치료는 좋든 나쁘든 아주 조금만 받는 것이 일반적이기 때문이다. 새벽 5시면 간호사가 와서 환자들을 일일이 깨워 체온을 쟀지만 씻기지는 않았다. 혼자 씻을 수 있는 상태면 혼자 씻었고, 그렇지 않으면 걸어 다닐 수 있는 환자의 호의에 의존할 수밖에 없었다. 병상용 소변기와 찜 냄비라는 별명이 붙은 역겨운 병상용 대변기를 치우는 일 역시 대부분 환자들 몫이었다. 8시에는 군대식 수프라 부르는 메뉴가 아침 식사로 나왔다. 가느다란 채소와 눅눅한 빵 조각이 둥둥 떠 있을 뿐이었지만 이름대로 수프는 수프였다. 아침 식사가 끝나면 키가 훤칠하고 근엄하게 보이는 검은 턱수염을 기른 의사가 회진을 했다. 인턴 한 명과 의대생들 한 부대가 의사를 따라다녔다. 병동에는 나를 포함해서 환자가 예순 명 정도 됐고 이 의사는 다른 병동의 환자도 맡고 있는 것이 분명했다. 매일 회진을 해도 거들떠보지도 않고 지나치는 환자가 많았고 종종 울면서 애원하는 환자들도 있었다. 한편 의대생들이 알고 싶어 하는 병을 앓는 환자들은 주목을 많이 받았다. 가르릉 소리가 나는 기관지 폐렴을 앓고 있던 나는 학습용으

로 너무나 좋은 사례였기 때문에 내 가슴에서 나는 소리를 들으려고 의대생 여러 명이 줄을 서곤 했다. 실로 묘한 느낌이었다. 환자들도 자신들과 같은 인간이라는 인식은 하나도 없는 의대생들이 일을 배우는 데 그토록 강렬한 관심을 보인다는 것이 이상했기 때문이다. 말로 표현한다는 것이 좀 이상하지만, 자기 차례가 되어 앞으로 나온 젊은 의대생 몇 명은 마치 오래 기다린 끝에 마침내 엄청나게 비싼 기계에 손을 대 볼 수 있게 된 소년처럼 흥분으로 몸을 떨곤 했다. 그다음 젊은 남학생들, 여학생들, 흑인 학생들이 차례대로 내 등에 귀를 바짝 갖다 대고 신중하지만 서투르게 손가락으로 톡톡 치기도 했는데 그들 중 누구 하나 나와 말을 섞거나 내게 눈길 한 번 주지 않았다. 환자복 차림의 무료 환자는 일차적으로 연구의 표본일 수밖에 없는데 이 상황에 화가 난다기보다는 도무지 적응이 안 됐다.

며칠 지나자 앉아 주위의 환자들을 연구해 볼 정도로 상태가 좋아졌다. 공기가 탁한 실내에는 좁은 병상들이 다닥다닥 붙어 있어서 옆 환자의 손이 쉽게 닿았고, 내 추측으로는 급성 전염병을 빼고 온갖 종류의 질병들이 다 모여 있는 듯했다. 내 오른편 환자는 몸집이 왜소하고 머리는 붉었는데 구두 수선 일을 하는 사람이었고 한쪽 다리가 다른 쪽보다 짧았다. 이 환자는 다른 환자의 사망(이런 경우가 몇 번 있었는데 그때마다 이 환자가 누구보다 가장 먼저 알았다.) 소식을 내게 전해 주었다. 그는 (사망한 환자가 43번이라면) 휘파람을 한 번 불고 "43번!"이라고 외치며 양팔을 머리 위로 휙 들어 올리곤 했다. 이 환자는 상태가 많이 나쁘지는 않았지만 내 시야에 들어오는 병상들 대부분에는 누추한 비극 아니면 노골적인 공포가 벌어지고 있었다. 나와 발을 마주하는 병상에는 무슨 병으로 고생하는지는 확실히 알지 못했지만(이 환자를 다른 병상으로 옮겨서 나는 이 환자가 죽는 것을 보지 못했다.) 몸집이 작고 바짝 마른 남자가 죽을 때까지 누워 있었다. 이 환자는 몸 전체가 과도하게 민감해져 몸을 좌우로 움직일 때마다, 또 어떤 때는 이불의 무게에도 고통스러워 비명을 지르곤 했다. 가장 고통스러웠던 것은 소변을 보는 일이었는데 그때마다 무척 힘들어했다. 간호사가 병상용 소변기를 가져와서는 이 환자가 마침내 "오줌 나온다."라고 괴롭게 절규하면서 소변을 보기 시작할 때까지 한참을 병상 옆에 서서 말 관리사가 말에게 하듯 쉬 소리를 내곤 했다. 이 환자 옆 병상에는 일전에 부항 처치를 받았던 엷은 갈색 머리의 환자가 있었는데 이 환자는 계속해서 피가 섞인 가래를 뱉어 냈다. 내 왼쪽 환자는 키가 크고 기운이 하나도 없어 보이는 젊은 남자였는데 정기적으로 등에 튜브를 꽂아 구체적으로 어느 부위에서인지는 분명하지 않지만 거품이 껴 있는 체액을 엄청나게 많이 뽑아냈다. 그 환자 옆에서는 1870년 전쟁에 참전했던 군인이 죽어 가고 있었다. 그는 잘생긴 노인이었는데 기르는 황제수염이 새하얬다. 문병이 허용되는 날이면 언제나 나이 지긋한 여자 친척들이 검은색으로 옷을 맞춰 입고는 까마귀들처럼 병상 주위에 앉아 있곤 했다. 얼마 되지 않는 유산을 받을 심산으로 그러는 것이 분명했다. 내 맞은편 뒷줄 병상에는 머리가 벗어진 노인 환자가 있었는데 얼굴과 몸이 엄청나게 부어 있었고 콧수염은 축 늘어져 있었다. 그는 거의 쉬지 않고 계속 소변을 봐야 하는 병을 앓고 있었다. 병상 옆에는 엄청나게 큰 유리 소변 통이 항상 놓여 있었다. 언젠가 그의 아내와 딸이 문병을 온 적이 있었다.

아내와 딸을 보자 이 노인의 부은 얼굴은 놀랍도록 사랑스러운 미소를 지으며 환해졌다. 스무 살쯤 된 예쁘장하게 생긴 딸이 병상으로 다가가자 그가 손을 이불 밑에서 천천히 빼드는 것을 보았다. 빼든 손으로 무엇을 할지 충분히 예상이 가능했다.(딸이 병상 옆에서 무릎을 꿇으면 노인은 딸의 머리에 손을 얹고 죽기 전 마지막 축복을 내려줄 것이었다.) 하지만 그러지 않았다. 그는 단지 소변 통을 딸에게 건넸을 뿐이고 딸은 그것을 받아들고는 곧장 통을 비웠다.

내 병상에서 약간 떨어진 병상에는 간경화를 앓고 있는 57번 환자(57번이 맞을 것이다.)가 있었다. 우리 병동 환자들 모두가 이 환자를 잘 알고 있었다. 왜냐하면 그 환자가 가끔씩 의학 강연의 대상이 되었기 때문이다. 일주일에 두 번씩 오후에 그 키 크고 근엄한 의사가 병동에서 의대생들을 대상으로 강연을 하고는 했다. 그들은 나이든 57번 환자를 소위 환자 운반차에 태워 병동 한가운데로 데리고 온 적이 여러 번 있었다. 의사는 이 환자의 환자복을 배 위쪽으로 말아 올린 후 환자의 배에서 튀어나온 부분(내 추측으로는 그 부분이 병든 간인 듯했다.)을 손가락으로 눌러 팽창시키고는 와인을 마시는 나라 사람들이 알코올중독 때문에 이런 병에 흔히 걸린다고 진지하게 설명을 하곤 했다. 여느 때처럼 의사는 환자에게는 말 한마디도 하지 않았고 미소도 전혀 짓지 않았을 뿐만 아니라 고개를 끄덕이는 등의 상대방의 존재를 인정하는 행위 같은 것을 결코 하지 않았다. 꼿꼿이 선 채 매우 근엄하게 강연을 이어 가는 의사는 중간중간 피폐해진 환자의 몸을 두 손으로 잡고서 마치 아녀자들이 밀가루 반죽을 밀대를 굴리듯 환자를 살짝살짝 앞뒤로 밀곤 했다. 57번 환자는 이런 식으로 취급되는 것을 개의치 않는 듯했다. 병원에 오래 있으면서 강연 때마다 꼬박꼬박 단골로 등장해 왔던 것이 분명하다. 그의 간은 병리학 박물관에 전시할 표본으로 이미 오래전에 결정돼 있었다. 자신에 관해 하는 말에는 아무 관심도 없는 듯 그 환자는 색 바랜 멍한 눈으로 허공을 응시하면서 누워 있을 뿐이었고, 의사는 마치 고대 도자기를 소개하듯 환자를 의대생들에게 보여 주었다. 의사는 예순 살 정도로 보였는데 충격적일 만큼 말랐다. 송아지 피지처럼 창백한 얼굴은 피골이 상접하여 크기가 인형 얼굴만 했다.

어느 날 아침, 구두 수선공인 환자가 내 베개를 확 잡아 빼 나를 깨웠다. 간호사가 오기 전이었다. "57번!"이라고 외치면서 머리 위로 양팔을 머리 위로 휙 들어 올렸다. 병동에는 전구가 하나밖에 없었지만 사물을 분간할 정도는 됐다. 57번 노인 환자는 몸을 구겨서 모로 누워 있는 듯했다. 내 쪽을 향한 얼굴이 병상 밖으로 삐져나와 있었다. 사망 시간을 정확히는 알 수 없었지만 지난밤이었던 것만은 틀림없었다. 간호사들이 와서 그 환자가 죽었다는 소식을 무덤덤하게 전해 듣고는 곧장 자기 일들을 하러 갔다. 한 시간도 더 지난 후에 다른 간호사 두 명이 군인처럼 나란히 줄을 맞춰 저벅저벅 발소리를 내며 병동으로 들어와서는 시신을 병상 시트로 싸맸다. 시신은 그날 늦게야 다른 곳으로 옮겨졌다. 그 사이 날이 좀 더 밝아져서 57번 환자를 더 잘 살펴볼 수 있었다. 그를 잘 보려고 나도 아예 모로 누웠다. 신기하게도 죽은 유럽 사람을 본 것이 그때가 처음이었다. 죽은 사람들을 그전에도 여럿 봤었지만 거의가 다 아시아 출신 사람들이었고 대부분 험하게 죽은 사람들이었다. 57번 환자의 눈은 여전히 떠져 있었고 입도 벌어져 있었으며, 작은 얼굴은 고통으로 일그러져 있었다. 그의 창백한 얼굴이 가장 마음에 남았다. 얼굴은 그 전에도 창백했었지만 지금은 병상 시트보다 약간 짙은 정도로 창백했다. 작고 일그러진 얼굴을 보고 있자니 카트에 실려 해부실 시체 안치대 위로 던져 버려질 이 같은 역겨운 쓰레기도 연도 기도[2]의 대상이 되는 자연사의 한 사례로 여겨지리라는 생각이 문득 들었다. 그때 나는 이십, 삼십, 사십 년 후 우리를 기다리는 것은 이런 것이 아닐까라고 생각했다. 운 좋은 사람, 즉 늙을 때까지 오래 산 사람은 이런 식으로 죽는다. 물론 누구나 살고 싶어 하며, 실제로 사람이 살아 있기를 원하는 것은 죽음을 두려워하기 때문이기도 하다. 하지만 그때와 마찬가지로 나는 지금도 험하게 그리고 너무 나이 들어 죽지 않는 것이 낫다고 생각한다. 사람들은 전쟁의 공포를 말하지만 인간이 발명한 무기 중에 이처럼 잔인한 방식으로 흔한 질병에 근접이라도 할 수 있는 것이 있을까? 자연사는 얼추 더디고 역한 냄새가 나고 고통스러운 뭔가를 의미하는 것으로 정의될 수 있다. 또한 자연사는 심지어 집에서 벌어지느냐 공중시설이 아닌 곳에서 벌어지느냐에 따라 차이가 생긴다. 이 환자처럼 촛불이 꺼질 때처럼 깜박거리다가 한순간에 생을 마감하는 가련한 노인은 임종하는 사람 한 명 없을 정도로 보잘것없었다. 그는 단지 숫자에 불과했고 의대생들 수술용 칼의 실험 대상일 뿐이었다. 게다가 그런 곳에서, 즉 모든 사람들이 다 보는 데서 죽어 가야 하는 추악한 현실이란! ×병원은 병상들이 다닥다닥 붙어 있었고 병상 사이에 칸막이도 없었다. 가령 한때 나와

2 가톨릭교에서 죽은 사람을 위해 올리는 기도.

발을 맞대고 지내던, 병상보가 몸에 닿기만 해도 죽는다고 비명을 지르던 그 작은 환자를 상상해 보라! 감히 말하건대 "오줌 나온다!"라는 말이 기록상 그의 마지막 말이었을 것이다. 죽어 가는 사람은 그런 일에 신경도 쓰지 않을 것이다. 그리고 적어도 그런 것이 표준화된 반응이다. 그럼에도 죽어 가는 사람도 죽기 하루 이틀 전까지는 정신이 멀쩡한 경우가 흔하다.

소득이 낮은 사람들만 찾아서 공격하는 질병이 있기라도 한 것처럼, 병원의 공중 병동에는 자기 집에서 죽을 수 있는 사람들에게서는 볼 수 없는 참상이 있다. 하지만 내가 ×병원에서 봤던 것 일부를 영국의 어떤 병원에서도 볼 수 없다는 것은 사실이다. 가령 ×병원에서는 옆에서 지켜보는 사람도 관심을 보이는 사람도 한 명 없이, 다음 날 아침이 되어서야 죽음이 알려지는, 즉 짐승처럼 죽는 일이 한 번 이상 있었는데, 영국에서는 이런 일을 보기가 확실히 어렵다. 다른 환자들이 다 볼 수 있게 시신을 방치하는 일은 더더욱 있을 수 없다. 한번은 내가 영국의 한 간이 병원에서 다른 환자들과 차를 마시는 사이 남자 환자 한 명이 죽었다. 당시 병동에는 나를 포함해서 환자가 여섯 명밖에 없었지만 간호사들이 일을 어찌나 능숙하게 처리하던지 우리는 그 환자가 죽은 것도, 시신을 치운 것도 차를 다 마신 다음에야 알았다. 아마도 영국에서 저평가되는 것 하나가 영국에는 잘 훈련되고 엄격한 훈련을 거친 간호사가 굉장히 많아서 사람들이 혜택을 본다는 점일 것이다. 의심의 여지 없이 영국 간호사들은 찻잎으로 그날 운세를 본다거나, 옷에 영국 국기 배지를 달고 다닌다거나, 벽난로 선반 위에 여왕 사진을 올려놓고 사는, 특별할 것도 없는 사람들이지만 그들은 적어도 순전히 게으른 탓에 환자를 씻기지도 않고 병상에 눕힌다든지, 정돈되지도 않은 병상 위에서 변비로 고생시키는 일 같은 짓은 하지 않는다. ×병원의 간호사들은 다들 갬프 부인[3] 분위기가 났다. 나중에 ×병원에서 퇴원한 후 스페인 공화군 군대 병원에 입원했던 적이 있었는데 거기에서도 체온도 잴 줄 모르는 무지한 간호사들을 볼 수 있었다. 영국에서는 ×병원처럼 더러운 곳을 찾아볼 수 없다. 화장실에서 혼자 씻을 정도로 상태가 좋아졌을 때 보니 ×병원의 욕실 안에는 병상에서 나온 음식 쓰레기와 더러운 거즈를 모아 버리는 아주 큰 상자가 있었는데 그 상자를 방치해 두어서 벽판에는 귀뚜라미들이 득실거렸다.

옷을 돌려받고 두 다리로 걸을 수 있게 되자 나는 입원 기간을 다 채우지 않고, 의사로부터 퇴원 결정도 받지 않고 ×병원을 탈출했다. 내가 탈출했던 병원이 ×병원만은 아니었지만 음울함과 황폐함, 구역질 나는 냄새, 게다가 무엇보다도 그 병원이 주는 심적 분위기가 내 기억 속에 예외적으로 도드라져 남아 있다. 내가 ×병원에 간 이유는 그곳이 내가 살던 지역의 관할 병원이었기 때문이다. 입원을 한 후에야 그 병원이 악명으로 자자했다는 사실을 알았다. 내가 탈출한 일, 이 년쯤 그 유명한 사기꾼인 아노 부인이 수감 중에 병에 걸려 이 병원에 며칠 입원해 있다가 며칠 뒤 간수들 몰래 병원을 빠져나와 택시를 잡아타고 교도소로 돌아가서는 감옥이 병원보다 훨씬 편하다는 말을 했을 정도다. 당시 프랑스의 병원들이 전부 ×병원 같았다는 의미는 아니다. 그렇지만 그 병원에 있던 환자들은 거의 모두 노동자들이었는데 그들은 한결같이 놀라

3 Mrs. Gamp. 찰스 디킨스의 작품에 등장하는 무능한 간호사.

울 정도로 체념한 상태였다. 일부는 그 병원을 편안하다고 생각했고, 적어도 두 명은 가난한 꾀병 환자였는데 겨울을 나기에 병원보다 좋은 곳은 없다고 생각했던 것 같다. 간호사들은 꾀병 환자들이 알아서 여러 잡일을 해 주어서 자기들에게 많은 도움이 되었기 때문에 이를 묵인했다. 하지만 대다수 환자들의 태도는 병원이 형편없다는 것은 알겠는데 그렇다고 더 무엇을 바랄 수 있을까 하는 식이었다. 새벽 5시면 일어나 세 시간을 기다렸다가 멀건 수프로 아침 식사를 하는 것으로 하루를 시작한다든지, 임종을 하는 사람 한 명 없이 죽어 가야만 한다든지, 그나마 치료를 좀 받을 수 있을지 여부는 지나가는 의사와 눈을 마주칠 수 있느냐에 달려 있다든지 하는 이 모든 것들이 그들 눈에는 전혀 이상하게 보이지 않는 것 같았다. 그들에게는 이런 것이 전통적인 프랑스 병원의 모습이었다. 심각한 병을 앓거나 돈이 없어 집에서 치료를 받을 형편이 못된다면 병원에 가야 하고, 그리고 일단 병원에 가면 군대에서처럼 가혹함과 불편함을 참아내야 한다는 것이 그들이 갖고 있던 생각이었다. 그러나 이것 말고도 내가 흥미롭다고 생각했던 점은 지금은 영국인의 기억에서는 사라져 버린 오래된 이야기를 내가 여전히 믿고 있음을 알게 됐다는 것이다. 가령 순전히 호기심으로 환자의 배를 연다거나 모든 절차가 완료되기도 전에 수술부터 시작하는 의사에 대한 이야기 말이다. 또 다른 음습한 이야기로는 화장실 바로 너머에 작은 수술실이 하나 있는데 이 방에서 공포에 질린 비명이 난다는 것과 같은 이야기들이다. 사실이라고 입증하는 증거는 없지만 그런 이야기들이 전부 헛소리라는 것은 분명하다. 하지만 비용을 지불하는 환자에게는 절대 할 수 없는 장난 같은 실험으로 의대생 두 명이 16세 소년을 살해했다거나 살해할 뻔했다는(내가 병원을 나올 때는 죽어 가고 있었지만 나중에 살았을 수도 있어서) 이야기는 분명히 목격됐다. 현재 생존해 있는 사람들이라면 런던의 몇몇 대형 병원에서 해부용 시신을 확보하기 위해 환자들을 살해한다는 이야기가 한때 있었다는 것을 기억할 것이다. 이런 이야기가 ×병원에는 적용되지 않는다고 해도 환자들 중 몇몇은 이런 이야기가 터무니없다고 생각하지 않을 것이다. 그 병원은 환자를 다루는 방식이 아니라 여전히 남아 있는 19세기 분위기로 흥미를 자아내기 때문이다.

지난 오십여 년 동안 의사와 환자의 관계가 엄청나게 변해 왔다. 19세기 말 이전의 기록 어느 것을 보더라도 병원은 감옥과 동일한 곳, 즉 현대판 중세 시대 지하 감옥으로 여겨졌다. 병원은 지저분하고 고문과 죽음이 일어나는 장소이며 무덤으로 가기 전 잠시 머무는 일종의 대기실이었다. 궁핍한 사람이 아니라면 치료를 받기 위해 그런 장소에 갈 생각을 하지는 않았을 것이다. 의학이 전보다 많이 발전하지는 않았지만 더 대담해졌던 지난 세기 초에는 보통 사람들은 의사의 일을 공포와 두려움으로 바라보았다. 특히 외과 수술은 무시무시한 사디즘의 한 형태로 여겨졌고, 시신을 훔쳐다 주는 이들이 있어야만 가능했던 해부는 심지어 강령술과 많이 다르지 않은 것으로 여겨졌다. 의사와 병원을 소재로 하는 공포 문학 작품이 19세기부터 많이 생기기 시작했다. 가여운 왕 노인 조지 3세를 생각해 보자. 노망이 든 그가 "기절할 때까지 피를 뽑을 작정으로" 다가오는 외과 의사를 보고는 자비를 베풀어 달라고 비명을 지르는 장면을 떠올려 보자. 밥 소여와 벤저민 알렌이 나눈 대화를 생각해 보자. 의심의 여지 없이 이 둘의 대화는 패러디가 절대 아니다. 『붕괴』와 『전쟁과 평화』에 나오는 야전 병원을, 아니면 멜빌의 『흰 재킷』에 나오는 그 충격적인 사지 절단 장면 등도 생각해 보자! 19세기 영국 소설에 등장하는 의사들에 붙여진 Slasher(난도질하는 사람), Carver(써는 사람), Sawyer(톱질하는 사람), Fillgrave(생매장하는 사람) 같은 이름을, 그리고 이런 이름들에서 파생한 sawbones(뼈 톱질) 같은 재미있으면서도 섬뜩한 별명들도 생각해 보라. 수술에 반대하는 전통이 가장 잘 묘사된 시는 테니슨의 「아동 병원」일 것이다. 1880년 후반에 쓴 것으로 추정되는 이 시는 마취제인 클로로폼이 사용되기 이전의 상황을 묘사하고 있으며 테니슨이 제시하는 관점 때문에 더 많이 언급된다. 마취를 하지 않고 하는 수술이 어땠을지를 그리고 얼마나 끔찍했었을지를 생각해 보면 그런 일을 저지르는 사람들의 동기를 의심하지 않을 수 없다. 의대생들이 그토록 열정적으로 고대하던 유혈이 낭자한 끔찍한 짓("슬래셔가 그런다면 엄청난 구경거리겠지.")은 명백히 쓸모없는 짓이었다. 환자들은 쇼크로 죽지 않으면 대개가 괴저로 죽는데 이런 일은 당연한 것으로 여겨졌다. 동기가 의심스러운 의사들은 지금도 여전히 많다. 많이 아파 본 사람들이나 의대생들의 대화를 들어 본 적이 있는 사람들이라면 내가 지금 하는 말을 이해할 수 있을 것이다. 어쨌든 마취제가 전환점이 됐고 소독약 역시 또 하나의 전환점이 됐다. 악셀 문테가 『산 미첼레의 이야기』에서 묘사하는 것과 유사한 장면을 요즘 세상 어느 곳에서도 찾아볼 수 없다. 탑햇을 쓰고 망토를 입은 사악한 외과 의사가 풀 먹인 셔츠 앞부분에 피와 고름을 튀기며 동일한 칼로 환자들의 팔다리를 연이어 베고 절단해 수술대 옆에 쌓아 놓는 장면 말이다. 더구나 국민 건강 보험 덕분에 노동자 계급 환자는 빈민이기 때문에 신경을 거의 쓰지 않아도 된다는 의식이 일부분 사라졌다. 금세기에 들어와서도 대형 병원에서는 무료 환자들의 치아를 뽑을 때 마취를 하지 않는 것이 일반적이었다. 돈을 내지 않는 사람들에게 마취를 해 줄 이유가 있냐는 게 그들의 생각이었는데 이런 생각 역시 바뀌었다.

하지만 모든 시설에는 과거의 역사가 배어 있기 마련이다. 군대 막사에는 키플링의 유령이 아직도 떠돌고 있으며, 구빈원에 들어가면 늘 올리버 트위스트가 연상된다. 병원은 나병과 같은 질병을 앓는 사람들을 죽기 전까지 임시로 수용하던 시설로 시작됐고, 계속해서 의대생들이 가난한 환자들의 몸을 대상으로 의술을 연마하는 장소로 이어져 왔다. 병원 건물에는 특유의 음산함이 배어 있는데 병원의 이런 음울한 역사가 여기에 희미하게 반영되고 있다. 나는 영국 병원에서 지금껏 받은 치료에 관해서 불만이 하나도 없다. 하지만 가능하면 병원 신세를, 특히 공중 병동의 신세를 지지 말라는 경고가 건강한 본능이라는 점은 잘 알고 있다. 법적 지위가 어떻든 규정을 받아들이거나 나가거나를 결정해야 하는 경우에는 의심의 여지 없이 자신이 받는 치료를 자신 스스로 통제할 수 없고, 자신의 몸이 하찮은 실험의 대상이 되지 않으리라 확신할 수 없게 된다. 활동을 하다가 죽는 것도 좋긴 하지만 자기 집 침대에서 죽는 것이 가장 좋다. 병원이 아무리 친절하고 효율적이라 해도, 병원에서 죽는다는 것은 잔인하고 비참한 사소한, 너무 하찮아서 헤아린다는 것 자체가 아무 의미 없는, 엄청나게 끔찍한 고통스러운 기억만을 남길 뿐이다. 모르는 사람들 사이에서 매일 누군가가 죽어 가는, 급박하고 바글바글

하고 비인간적인 장소이기에 더 그렇다.

병원에 대한 공포는 아주 가난한 사람들 사이에서 여전히 잔존할 테고 우리 모두에게서는 단지 최근에야 사라졌을 뿐이다. 그 공포는 우리 의식의 표면 가까이에 자리 잡은 어두운 일면이다. 나는 앞에서 ×병원 병동에 들어섰을 때 왠지 모를 익숙함을 느꼈다고 했다. 그 장면에서 내가 떠올린 것은 당연히 썩는 냄새가 나고 고통으로 가득한 19세기의 병원이었다. 비록 나는 19세기의 병원을 한 번도 본 적 없고 단지 오래전부터 전해져 오던 이야기로만 알고 있었다. 게다가 곰팡내 나는 검은 가방을 들고 검은 옷을 입은 의사가, 아니면 구역질 나는 악취가 내가 이십 년 동안 잊고 살았던 테니슨의 시 「아이들의 병원」을 내 기억에서 불러내는 야릇한 장난질을 친 것일 수도 있다. 나는 어렸을 때 간호사에게 그 시를 읽어 달라고 한 적이 있었다. 그이는 테니슨이 그 시를 썼던 당시에도 간호사 생활을 하고 있었을 것이다. 그 간호사는 옛날 병원이 주는 공포와 고통을 생생히 기억하고 있었다. 우리는 그 시를 함께 읽으면서 몸서리쳤고 그 이후로 나는 그 시를 잊고 살았다. 그 시의 제목을 듣고도 아무 생각이 들지 않았었다. 그러다가 병상이 다닥다닥 붙어 있는 어두침침하고 웅얼대는 소리로 가득한 병동을 보자마자 갑자기 그 병동과 관련된 생각들이 이어졌고, 그날 밤에는 그 시 전체의 내용과 분위기, 그리고 여러 구절이 완벽하게 기억나기 시작했다.

옮긴이 강문순

한남대학교 영어교육과 교수로 재직하고 있다. 옮긴 책으로는 『동물 농장』, 『노인과 바다』, 『낭만시를 읽다』(공편역), 『문화 코드: 어떻게 읽을 것인가』(공역), 『스토리텔링의 이론: 영화와 디지털을 만나다』(공역), 『젠더란 무엇인가』(공역), 『대중문화는 어떻게 여성을 만들어 내는가』(공역) 등이 있다.

책 대 담배

1판 1쇄 펴냄 2020년 3월 6일
1판 5쇄 펴냄 2024년 2월 1일

지은이 조지 오웰
옮긴이 강문순
발행인 박근섭, 박상준
펴낸곳 (주)민음사

출판등록 1966. 5. 19. 제16-490호
서울특별시 강남구 도산대로1길 62(신사동)
강남출판문화센터 5층 06027
대표전화 02-515-2000 팩시밀리 02-515-2007
www.minumsa.com

ISBN 978 89 374 2965 1 04800
ISBN 978 89 374 2900 2 (세트)

쏜살 꾸밈없는 인생의 그림 페터 알텐베르크 | 이미선 옮김

회색 노트 로제 마르탱 뒤 가르 | 정지영 옮김

참깨와 백합 그리고 독서에 관하여 존 러스킨·마르셀 프루스트 | 유정화·이봉지 옮김

마르그리트 뒤라스의 글 마르그리트 뒤라스 | 윤진 옮김

너는 갔어야 했다 다니엘 켈만 | 임정희 옮김

무용수와 몸 알프레트 되블린 | 신동화 옮김

호주머니 속의 축제 어니스트 헤밍웨이 | 안정효 옮김

밤을 열다 폴 모랑 | 임명주 옮김

밤을 닫다 폴 모랑 | 문경자 옮김

책 대 담배 조지 오웰 | 강문순 옮김

세 여인 로베르트 무질 | 강명구 옮김

시민 불복종 헨리 데이비드 소로 | 조애리 옮김

헛간, 불태우다 윌리엄 포크너 | 김욱동 옮김

현대 생활의 발견 오노레 드 발자크 | 고봉만·박아르마 옮김

나의 20세기 저녁과 작은 전환점들 가즈오 이시구로 | 김남주 옮김

장식과 범죄 아돌프 로스 | 이미선 옮김

개를 키웠다 그리고 고양이도 카렐 차페크 | 김선형 옮김

정원 가꾸는 사람의 열두 달 카렐 차페크 | 김선형 옮김

죽은 나무를 위한 애도 헤르만 헤세 | 송지연 옮김

도리언 그레이의 초상 1890 오스카 와일드 | 임슬애 옮김

아서 새빌 경의 범죄 오스카 와일드 | 정영목 옮김

질투의 끝 마르셀 프루스트 | 윤진 옮김

상실에 대하여 치마만다 응고지 아디치에 | 황가한 옮김

납치된 서유럽 밀란 쿤데라 | 장진영 옮김

모든 열정이 다하고 비타 색빌웨스트 | 임슬애 옮김

수많은 운명의 집 슈테판 츠바이크 | 이미선 옮김

기만 토마스 만 | 박광자 옮김

베네치아에서 죽다 토마스 만 | 박동자 옮김

팔뤼드 앙드레 지드 | 윤석헌 옮김

새로운 양식 앙드레 지드 | 김화영 옮김

노인과 바다 어니스트 헤밍웨이 | 김욱동 옮김

단순한 질문 어니스트 헤밍웨이 | 김욱동 옮김

겨울 꿈 F. 스콧 피츠제럴드 | 김욱동 옮김

위대한 개츠비 F. 스콧 피츠제럴드 | 김욱동 옮김